陌上花開

二爨堂吟稿

张平生 著

敦煌文艺出版社

图书在版编目（CIP）数据

陌上花开：二爨堂吟稿/张平生著.--兰州：敦煌文艺出版社，2022.9

ISBN 978-7-5468-2232-7

Ⅰ.①陌… Ⅱ.①张… Ⅲ.①诗词—作品集—中国—当代②对联—作品集—中国—当代 Ⅳ.① I217.2

中国版本图书馆 CIP 数据核字 (2022) 第 171633 号

陌上花开——二爨堂吟稿

张平生　著

责任编辑：杜鹏鹏
封面设计：原彦平
版式设计：张　祺　张馨艺
制　　版：天水瑛博文化传媒有限公司

敦煌文艺出版社出版、发行
地址：（730030）兰州市城关区曹家巷 1 号新闻出版大厦
邮箱：dunhuangwenyi1958@163.com
0931-2131397（编辑部）
0931-2131387（发行部）

三河市金兆印刷装订有限公司
开本 787 毫米 ×1092 毫米　1/16　印张 16　字数 260 千
2023 年 4 月第 1 版　2023 年 4 月第 1 次印刷

ISBN 978-7-5468-2232-7
定价：65.00 元

如发现印装质量问题，影响阅读，请与出版社联系调换。
本书所有内容经作者同意授权，并许可使用。
未经同意，不得以任何形式复制转载。

正法眼藏
陌上華開

沙門法度

法度　福建南安雪峰禅寺方丈大和尚
　　　福建省禅文化交流促进会会长

　　张平生　别署二爨堂，甘肃省清水县人，书法家、诗人。历任甘肃日报社记者（编辑）、发行处处长，《甘肃法制报》总编辑，高级编辑。中国书法家协会会员，甘肃省书法家协会第三届理事、第四届隶书专业委员会副主任；甘肃书法院特聘书法家、甘肃张芝书法院特聘教授，《中国书法大字典》学术顾问。中华诗词学会会员，甘肃省诗词学会副会长、《甘肃诗词》杂志原主编，黄河诗社社长、《黄河诗阵》主编。书法作品获第三届中国书法兰亭"尧山杯"奖，入展首届、第二届中国西部书法篆刻展，第六届中国书坛新人作品展，全国首届张芝书法奖，全国首届爨体书法大展，"守望敦煌·甘肃书法晋京展"等诸多展览。两度获甘肃省书法年度奖，获甘肃省第七届敦煌文艺奖。其独特的爨隶字体，被最新版《中国书法大字典》收入字库。书法作品入编大型专业画册《中国书法家作品选集》珍藏卷、《中国当代书画名家妙墨集锦》、《中国当代书画名家名作选萃》、《新中国书法家选集（1949—2009）》等多家大型画册。书法作品多次被有关机构制成邮票发行，并被多家机构收藏。其以较高的艺术水准与独特的艺术价值，被有关机构授予"中国书法学术奖""当代书画百强""当代优秀书法艺术家"等称号。著有《张平生书法作品选》《陌上花开——二爨堂吟稿》《二爨堂诗词隶书集》等。

序 一

性慧质实　真率儒雅

张克复

去年九月，张平生将《二爨堂诗词隶书集》《陌上花开——二爨堂吟稿》诗词稿选好，请省城几位有影响的诗词家给予了审改。也曾送我审阅。匆匆翻阅一过，大体内容尚可，对个别诗句的技法问题提出过一些修改意见。今天看到书稿清样，其整体设计风格、书法作品格调、自作诗词的水平，都达到了一个高度，堪称"双璧"合一。我亦欣喜为之作序。

张平生以"二爨"书法出名较早，大约十几年前，我主持兰州市景区规划改造建设时，还请他为白塔山和五泉山公园写过楹联牌匾。之后在他出版的《张平生书法作品选》和相关报刊上，我发现他那个时候就学写诗词了。"二爨"是一千五百多年前产生于云南的《爨宝子碑》和《爨龙颜碑》，是书法史上隶楷之变阶段一个重要流派，被宗为"正书千古第一"和"雄强貌美之宗"，历来被研究者所看重，临习者代不乏人。然由于社会上对此知之者少，诟病者甚夥。当今甘肃书坛，以"二爨"立足者，当以平生功力最著。

张平生系甘肃省清水县人，供职于省级党报已三十几春秋，盖根底发于秦州，英华灿于报苑。性慧质实，真率儒雅。其以中专学历奠基，以党报发行员起步，后转入新闻采写、报纸编辑、报业经营等序列，是个多面手。尤其他担任甘肃日报发行处长、甘肃法制报总编辑期间，工作成就斐然。他在尽力完成本职工作的同时，抓住业余时间，坚持"艺文兼备"要求，刻苦研习书法、诗词，也撰写了一系列关于书法和诗词的文章见诸报端。近两年来，他常常参与和组织诗词采风活动，每次采风结束，都由他负责，整理编辑诗稿，撰写优美的序文，以公众号的方式及时发布，产生了很好的影响。他被选为甘肃省诗词学会第五届副会长并兼任《甘肃诗词》杂志主编以来，制定改刊方案，策划主题活动栏目，提升办刊质量，使杂志面貌焕然一新，受到广大会员和读者的好评。

为贯彻落实习近平总书记关于黄河流域生态保护和高质量发展重要论述精神，深入挖掘黄河文化蕴含的时代价值，用古典诗词的形式讲好"黄河故事"，积极响应甘肃省黄河文化研究会倡议，牵头创办起黄河诗社及《黄河诗阵》微刊，广泛团结沿黄流域及省内外诗人词家，用中华诗词之妙笔，奏响"黄河大合唱"的时代强音。

盖诗词者，言情怀志之具也。其在平生，倘有所见，偶有所感，即每有吟咏。或思乡怀远，心忧民瘼；或感物怀人，托物明志；或记载行踪，发义阐理；或登高抒啸，模山范水；抑或追往忆昔，咏史寄情；乃至歌善颂贤，悼念庆祝；奉亲酬友，赠答唱和，皆出乎心，动乎情；言其衷，讽其事。诗情萌发，聊抒胸臆，炼字造句，咏世化人。兴观群怨，其功昭昭也。

他用诗人的触角，深切感知当今时代飞速发展与社会生活演变，灵敏捕捉人生美好的瞬间感受，用智慧化成优美诗篇，这些作品不仅拥有古典的含蓄、清丽、婉约的韵致，还融会了当今社会奔放、昂扬、乐观的情绪。他的绝句《咏道边小草》写道："处瘠还作凌霄梦，不羡松乔显岳冈。碾压蹦残何奈尔，也要挣扎发微芒。"借道边被人践踏的小草为"形象大使"，表明自己身处卑贱、遭遇坎坷，但梦想之灯不息，仍然要像小草那样，挣扎着也要散发出微弱的光芒。既就小到只有一个片叶的蒿草，也要把我唯一的花蕾擎高；造物让我做一尖粉齑，那我就是一具漫游天地的逍遥，不屈不挠，张扬充沛天地的自豪。

平生的诗题材广泛，辞藻瑰丽，这不仅体现了诗人广博的视野和见识，同时体现了诗人驾驭诗歌写作技巧的娴熟和功力。他对整体格律的驾驭是没有问题的。这本集子中，收录一首《夏日兴隆山麓村舍》的七律诗：

> 山如碧嶂隐农家，瓦舍青堂沏好茶。
> 羞涩毛桃承晚露，开颜刺蓟抹朝霞。
> 悠然影动池中景，爽朗风吹陌上花。
> 探胜寻幽何必远，城东郊外近桑麻。

正格的起承转合结构，层次井然。首联以写景与记事相结合，巧妙地入题，轻松自然。颔联与颈联均属承接，先静景，后动景，描摹细腻，前后相得益彰。尾联的转结，也是娓娓道来，引人入胜。此律语句清新而优雅，尤其中二联"羞涩毛桃承晚露，开颜刺蓟抹朝霞；悠然影动池中景，爽朗风吹陌上花。"对仗工整，用词妥切优美。不失一首佳构。

另一首五律《岁杪杂感》，曾被《梅亭诗刊》推为"三甲"，质量堪称上上等。

> 剩历如蝉翼，山川冷色稠。
> 霜花衰古道，寒草寄沙鸥。
> 镜里银丝白，梦中荒事悠。
> 春潮冰下涌，诗在柳梢头。

这首五律有以下几方面的特色：其一，这首诗语言新颖别致，而且具有独创性。其二，这首诗色调统一，而且与所写内容高度契合。其三，这首诗章法多变，而且似乎天然。首联以新颖的比喻开篇，堪称凤头，接着对仗，颔联采用212结构，颈联采用221结构。颔联写景，颈联转到写人。尾联再一转，又转到蕴藏春消息的景上，让人看到希望。其四，这首诗风格雅正，而且惜字如金。其言不直白，也不晦涩，字字各有职守，字字妥帖。唐代诗人卢延让"吟安一个字，捻断数茎须"这种不随手的习惯，才是真正的诗家手段。

从这些作品里，我们能感受到诗美之境。诗学的感情是浓缩的，而这种感情是离不开诗歌创作者的审美，这种审美浓缩的是创作者的人生情感和体验，如果没有真美，没有真善，其作品便不会有真正的诗美。最难能可贵者，是在"诗中有我"的诗境中道出了真正的自我，并由这个自我印证了社会的风貌，折射的是时代进程。这也印证了何谓好诗。所谓好诗不是写"杯水风波""一己悲欢"的，而是写出人们的通感，写出社会、时代的共性。从这些文字里，能读出一个诗人的学识积淀，以及他对生活和诗意的透彻理解。

辛丑冬于海南寓所

张克复　中华诗词学会副会长，甘肃省诗词学会原会长，甘肃省人民政府文史研究馆馆员，著名文史学者。

序 二

体物之心　通人之情

翟万益

张平生近期筹划拟出版《陌上花开——二爨堂吟稿》《二爨堂诗词隶书集》两本书。浏览书稿清样后，便有写点文字的想法。

张平生的诗兴一经开放，就像奔流的溪水，似乎难以止息，且有江流赴海，不拒涓细的包容。

我们看他涉及的题材，只要他的视力所及，无不可以诗笔表现，对于题材的驾驭，用一种特别的能力，信手拈来皆成妙章。如《二月二日有寄兼赞理发师》：

玉手纤纤慈善目，轻梳细剪理风尘。
频添白发心中恼，难驻丹颜额角春。
爱化容光除敝貌，徐修蓬鬓焕精神。
龙头端赖谁抬起，顶上功夫在汝身。

采用律诗形式，在四联的框架里，舒张有了很大的容量，它采用步步逼进之法，首联写美女理发师的容貌神态，刻画出其运剪轻灵熟练，联尾用了一个"风尘"，小处着上一个大眼，有意提升了境界，阻止了语句情势的下滑，开了一个大空间。颔联用关联的手法，把理发的双方紧紧系联起来，形成一个既矛盾而又互动的局面，使理发的这种特定活动在文字上现实化，不仅是一种工作的自然进展，深层表达出双方对岁月流逝的无可奈何的心理，更推出共同对生活未来的追求意向。"额角春"一个"春"字，使向往具象化，青春再现，神仙所期；一次梳理，既成事实。句中托出一种蓬勃向上的心理塑造。颈联笔锋转侧，从小处向大处迈去，把一个日常生活中最常见的具体事物向人生的主题推进，"爱化容光除敝貌"，深层所指，可以想及许许多多的事物，除敝洗陈，焕然容颜，可说是妙手回春之术。"龙头端赖谁抬起，顶上功夫在汝身。"事物的变化，不是求得一个表皮的改观，重要的是实体性的推动，寓意在尾句做了含蓄的表达，既有寄托，又有期望，这个期望不仅仅是一位理发师，而是返老还童的"神医"，这些都没有说，给了欣赏主体无限的臆想空间，和题目的应和紧扣起来，强化了寄托的意蕴。

诗之为诗，贵有意外之象、象外之境。好的诗，并不把一个要表达的主题合盘托出，神龙见首不见尾，在云山雾海的翻腾中，展开刻画之外的朦胧图景。诗体之虚灵建构在现实之上，只要有些许辐射性思维，顺着我们生存的空间，不仅仅是诗意的展开，更是精神无限的舒放。一首诗的包孕量，有形的字句只是一种指示性的标指，它并非像你理解路程的路标，一切景物又需要你重新组合生发，然后汇成一个全新的图式，这恐怕就是诗区别于其他文体的根本所在。诗人和诗评家作为一个组合，在错综复杂中贯通起来，把一个古老的程序，通过一个个新的组合手法，创立新境新意。

张平生是职业记者，一个真正的记者就应该是一个完美的诗人，一支笔面对一个世界，要葆有体物之心，通人之情，在这个层面上去发育诗心，挥扬情怀。当诗人面对自己所观察到的社会，无事无物无不可以入诗，在这个关捩点上，他不是被动地去做一个诗人。在他的内心深处，有他自己的不易舍弃的愿景。士不可以不弘毅，历史的担当，时代的赋予，涌动在心灵的浪涛之中，发之为声，就自然摒弃了被动为诗的牵强雕斫，流泻出时代的呼唤，表露出自己的关切。只有与时代同呼吸共命运，那你笔下的流泻就成为一个民族的代言。在他的诗里我们随时都可以看到他职业的烙印与文士的思想跳跃。张平生诗的意义正在这里。

张平生的笔不仅在诗国里开掘，他更早地沉浸在笔墨营造的黑白世界里，从而形成了他艺术的复线，这是他艺术生命的两个车轮。到现在他更惜时如金，奋力鞭策，快速前行，取得了令人艳羡的成绩。

他在出版这本诗集的同时，还出版了《二爨堂诗词隶书集》——他的第二本书法作品集，距离第一本集子的出版已经有十个年头了，应该是他书法生命历程中一个里程碑的结集，他深知其间的意义，故而这个过程是很缓慢的，这只是我们从他的成书过程来考虑。从他自身的工作量来看，远远超过了第一本书的付出，光一个诗词文本的敲定，就费了无数时日。他要从他千多首诗词作品中捡选出百多首作为创作载体。在预期规划中作品形式的多样化，需要选择长短各异，内容变化跳跃的诗词，既就选出来，根据自己的理想，还须进行反复推敲，直到满意，再拿出去请教通人，加以修改，才做到了心里的踏实。书法创作他是用了空前的热忱，绝大部分都是挑灯夜战的结果。就书法作品的形式而言，他参考了当代国展的许多形式，把美的元素尽力表现在丰富的形式之中。我没有详细统计他的程序变化，感觉到一件作品与一件作品形式之间都拉开了距离，在追求作品形式之间的差异性与避免过度的跳跃之间，掌握住一个度，使人的视觉在美好的接受阈值内变化，强调和谐达到了预设的目的。仅这一点，费了多少周折，只有自己知道。

比起第一本集子，他充分注意到了作品的形式及色彩，近年各种议论都触及到了这个话题。张平生的审美立场是坚定的，他在整个展线充分调动形式和色彩变化，使作品内容、形式、色彩在追求变化中尽力统一起来，使三个节奏形成优美的旋律。我们顺着他的排列组合，就可以读出深层的内涵。

书法作为一个时代稳定行进的文化创造，在建立起充分的自信之后，随之而来的是自觉体系的形成。作为一个完整的时代文化，一个地域思考的应该是自己的特色体系。甘肃书法文化的当代性，需要建立"陇派书风"，在当代书法文化洪流中，与大的文化背景既有一致性，又有独特性，这将是甘肃书法文化对当代书法文化的创造性贡献，我们就处在这样一个不可回避的阶段。张平生作为甘肃最有实力的书法家，自然担负着这样一个使命，他的这一阶段的创作，充分发挥"二爨"优势，上溯汉碑简牍，把三者的风格重新优化组合，生发出新的系列，这个大的构想应该是肯定的，其所做出的实践性探索，理应予以赞赏。他是真正实现"我笔写我文"的为数不多的"艺文兼备"型书法家。广阔的创作空间不仅为书家的当前，也为我们这个时代开立了一个大课题，他的这个阶段性成果，也成为陇派书法当代的靓丽建树，这只是他前行道路上的一个里程碑，我们的路都还很长。

2022.1.22 2：54于冰室

  翟万益　中国书法家协会副主席，甘肃省文联副主席、甘肃省书法家协会名誉副主席，甘肃省人民政府文史研究馆馆员。

目 录

序一　**性慧质实　真率儒雅**　张克复
序二　**体物之心　通人之情**　翟万益

一　咏莲花山	八　夏晨记趣
一　游肇庆星湖	八　夏日登北山
一　己丑除夕	八　赴两当道中
二　祁峰画赞	九　参观两当兵变纪念馆
二　清平乐·过六盘山遇雪（依龙谱）	九　秋登卦台山
二　元宵夜咏	九　观狂草四人展
三　五十自况	一〇　《家风》付梓致张生贤先生
三　破五晨起见大雪纷飞	一〇　无　题
三　清　明	一〇　步翟万益先生《赠平生》原玉
三　嘉峪关（新韵）	一一　滑　雪
四　黄河石林颂	一一　宴王大川兄自京来
四　初夏游古成纪文庙	一一　李江平制洮砚
四　篆刻家乐种田	一二　河滨觅春
五　通渭温泉记	一二　花市识春风
五　夏日兰州	一二　无　题
五　追　梦	一三　晨　练
六　祭　母	一三　晨登北山
六　过陇中村落	一三　春雪二首
六　乙未冬至	一四　柬李峻峰兄荣誉致仕
七　偕妻冰室拜年	一四　觅　春
七　河南内乡三首	一四　踏　春（新韵）
七　　　晨　兴	一五　官滩沟早春
七　　　县　衙	一五　怀家父
七　　　夜　宿	一五　早春写意
	一六　丁酉无锡行
	一六　机上抒怀
	一六　无锡晨趣

一六	雨中游荡口古镇		二九	陪孙璘先生一行赴和政
一七	宜兴紫砂壶		二九	古生物化石馆
一七	宜兴竹林游三首		二九	观敦煌神女歌舞杂技剧
一七	天华博物馆		三〇	闲居养花
一八	南艺国培班		三〇	夏日遣兴三首
一八	自无锡赴宁道中		三一	河滨秋夜
一八	南京半日		三一	李贵明专题篆刻展
一九	过太湖		三一	初秋游兰州湿地公园
一九	常州行吟（新韵）		三二	教师节忆尊师
一九	访藤花旧馆		三二	初秋晨登伏龙坪
二〇	过石佛峡		三二	登兴隆山
二〇	洮砚艺人卢锁忠赞		三三	滴水崖雅集
二〇	初夏过华家岭（新韵）		三三	雨中访龙源
二一	小满通渭遇雨		三三	孔门陇上三学贤赞
二一	客栈闻雨声		三三	石作蜀
二一	雨中登山		三四	秦祖
二二	陇上文馨书法周三首		三四	壤驷赤
二二	丁酉河南行		三四	赴庄浪道中（新韵）
二二	甫抵开封吃糊面		三五	大地湾古聚落
二三	开封		三五	云崖寺
二三	游铁塔园		三五	天池朝那湫寄兴
二三	游览开封翰墨苑		三六	庄浪水上公园
二四	龙亭怀古		三六	翟万益书法（偃师）展二首
二四	许昌怀古		三六	张海先生及西部书法新秀班
二四	游少林寺		三七	丁酉秋上海诗存
二五	游洛阳龙门石窟二首		三七	夜抵沪出高铁站遇雨
二五	午耕		三七	提篮桥秋思
二六	敦煌夜思		三七	观三木健"苹果"设计展
二六	鸣沙山月牙泉四首		三七	称斤买书
二七	盛夏过凉州		三八	长风公园之晨
二七	过乌鞘岭		三八	田子坊游观
二七	武威祁连山麓农家乐		三八	参观上美六十周年作品展
二八	夏夜		三八	客居弄堂
二八	夏夜河边行			
二八	种花（新韵）			

三九	敬步郭治川老师《登八达岭长城》	四九	腊八日抒怀
三九	晚　秋	五〇	什川梨园冬幽
四〇	秋思二首	五〇	大寒吟（新韵）
四〇	过界石梁	五〇	秦川春信
四一	早胜塬上	五〇	《冰壶一心田企川》出版
四一	山城夜宿	五一	题徐华博士华山瑞雪图
四一	红柳咏	五一	题暮归图
四一	咏爨八章	五一	题荡春图
四三	登　山	五一	湖山同题
四三	王仲勤君令堂仙逝祭	五二	戊戌立春为扶贫村写春联
四三	无　题	五二	郭忠之篆刻赞
四三	岁暮感怀	五二	拜　年
四四	《鉴书赏画》迎新雅集	五三	咏十二生肖
四四	河岸即景	五四	春　意
四四	冬　闲	五五	元宵夜
四四	冬　至	五五	观友游春图戏题
四五	缅怀毛主席	五五	观李秀峰先生作画
四五	戏和高平生《绝句》（新韵）	五五	春　梦
四五	新岁寄怀	五六	荣宝轩春夜
四六	岁末游石门小镇三首	五六	龙抬头
四六	雪　松	五六	春日忆旧游
四六	幽　谷	五六	春　分
四六	客　至	五七	北京十渡访画家刘忠信先生
四六	高润民著《中国史前陶器》首发	五七	北京前门西河沿群鸦图
四七	新　程	五八	鹊巢吟
四七	迎　春	五八	春日铜城寄兴
四七	小　寒	五八	月　圆
四七	秦戏剧理论家王正强先生	五八	廊　桥
四八	冬　居	五八	水之湄
四八	"牡丹王"咏	五九	戊戌清明三首
四八	敬步翟万益先生《和小岚诗兄冬日抒怀》二首	五九	陇东道中
		五九	夜访窑洞人家

六〇	蒲公英赞	七〇	天祝岔口驿写生基地（新韵）
六〇	山　村	七〇	鸠摩罗什寺
六〇	午间即兴	七〇	乡　谊
六〇	春日偶兴	七〇	读《史记》哀商君
六一	题王世刚石门冰图	七一	再访瓦窑村
六一	戊戌谷雨吟	七一	松鸣岩寄兴
六一	问甍堂观古砖传拓	七一	孟夏夜宿太子山林场
六一	"问道江南"周年	七二	和政古动物化石博物馆（新韵）
六二	题杨兆晖人物画二首	七二	三岔沟垛垛湾民俗表演
六二	处　暑	七二	花海之晨三首
六二	汶川十年祭	七三	三岔沟垛垛湾风光
六三	戊戌小满	七三	和政梨园农家
六三	天下张氏颂	七三	题澳籍华人画家刘开业画速写
六四	咏张掖丹霞	七四	兰山晴岚
六五	步王传明先生《大河吟》	七四	夏夜涛声
六五	初夏晴午雅聚获老友赠新著	七四	感王晨为二甍堂题匾
六六	榆中麻家寺石门记游	七五	忆张庆黎题签
六六	端午感怀	七五	暑天闲居
六六	谒黄河母亲雕像三首	七五	咏　竹
六七	夏至日	七六	秋声赋
六七	游临洮千姿岗	七六	"书法功臣"马积森赞
六七	临洮怀古	七六	吴川淮、贺云伉俪书画展
六七	洮河岸上	七七	赠答车帝麟先生
六七	千姿岗寄兴	七七	再答车帝麟先生
六八	游兴隆山至喜松亭	七七	南山雨霁
六八	兴隆东山巨杉	七八	戊戌白露
六八	兴隆山记游	七八	天庆博物馆藏赵孟頫《心经》
六八	过乌鞘岭（新韵）	七八	东乡董岭四首
六九	武威普康生态园即景（新韵）	七八	政　声
六九	西营峡即景	七九	农　事
六九	西营峡夜雨吟	七九	拾　梨
		七九	村　趣

七九	黄先生农家筵（新韵）	九〇	唐多令·欣获先生赐印
八〇	《包海燕书法集》出版	九一	水调歌头·己亥新正
八〇	读林语堂著《苏东坡传》	九一	年　味
八〇	偕数同窗邀唐老师聚饮	九一	青树舍玻璃工艺有寄
八一	戊戌重阳冰室诸弟子敬师	九二	踏莎行·元宵
八一	戊戌霜降	九二	题祁峰先生画喇叭花
八一	王泽起先生艺术人生（新韵）	九二	惊　蛰
八二	访枕石山房	九二	踏莎行·三八逢二月二赋
八二	夜闻兰州南入口惨烈车祸	九三	大千讲坛礼赞
八三	青玉案·河边看冬	九三	共赢天下抒怀
八三	戊戌初冬临夏行	九三	春　分
八三	浣溪沙·先生深夜授业感赋	九四	一级战斗英雄史光柱（古风）
八四	戊戌初冬西安行	九四	无　题（通韵）
八四	下榻正禾宾馆	九四	渔家傲·刘家峡春早
八四	终南山远望二首	九五	八大山人神鹫
八四	客长安冬夜兼步先生《无题》	九五	浪淘沙令·春过刘家峡水库
八五	谒西安碑林	九五	唐多令·西营温泉
八五	月夜感怀	九六	点绛唇·过西营集市觅小吃
八六	访徐华博士获赠花鸟画	九六	吴定川先生"大红袍"画集出版
八六	陕西国画院印象	九六	尉克敏、何昱蓉喜结连理
八六	刘家峡大坝初冬晨兴	九七	忆什川梨花
八七	鹧鸪天·冬晨寄兴	九七	蜜蜂赞兼祝劳动节
八七	兰州水车园（新韵）	九七	暮春游临洮
八七	采桑子·幸会"二庐"	九八	曹坪牡丹咏
八八	赴临洮观颜悦东书法展	九八	登临洮东山凤台
八八	赴皋兰农村写春联	九八	己亥立夏时雨
八八	戊戌冬至（新韵）	九九	瓦窑村扶贫日记四首
八九	咏　雪	一〇〇	春　暮
八九	致我的二〇一八	一〇〇	谢芝华生日志贺
八九	草书吟	一〇〇	咏道边小草
九〇	春节前喜得南国友人馈赠蜜桔	一〇一	沁园春·夏夜星辉
九〇	大寒节迎瑞雪穿铁桥赴会		

一〇一	王鸿庆"老兰州"民俗画展	一一二	刘树田先生祭
一〇二	过秦王川遇沙尘暴	一一三	李治甲先生收藏砚滴咏
一〇二	水调歌头·龙源（依毛滂）	一一三	南歌子·风雅兰山
一〇二	沁园春·祁连丹霞	一一三	南歌子·无锡友人访冰室
一〇三	水调歌头·悼屈原（依毛滂）	一一四	登九州台
一〇三	端午悼屈原二首	一一四	秋日登兰州北山
一〇三	咏手机	一一四	兰州北山望黄河
一〇四	观雨后初霁之云	一一五	登兰州北山谒文庙
一〇四	刘正成先生"陇上鸿泥"书法展偶忆	一一五	寒　露
		一一五	《好大王碑》赞
一〇四	访林经文先生	一一六	参观甘肃贡院
一〇五	为天佑同窗聚饮感怀	一一六	舟曲行九首
一〇五	张智言先生夏夜来访有寄	一一六	西江月·舟曲
一〇五	观油画展题少女油画	一一六	深秋访杜坝村
一〇六	访马国俊先生	一一七	登翠峰山
一〇六	初　秋	一一七	卧牛山庄秋色（新韵）
一〇七	初秋夜饮（古风）	一一七	西江月·舟曲泥石流博物馆
一〇七	咏甘肃日报七十华诞二首	一一七	水调歌头·拉尕山赏雪
一〇八	春　风	一一八	拉尕山观雪三首
一〇八	惠　风（新韵）	一一八	腊子口抒怀
一〇八	初秋作客晨农山庄野趣	一一九	过小分水岭
一〇九	《万益集契集》四卷贺	一一九	白银四龙农家院二首
一〇九	题匾月亮湾	一二〇	甲骨文发现一百二十周年
一〇九	临洮古村落见闻二首	一二〇	敬步翟万益先生《无题》
一一〇	初秋游千姿岗生态园二首	一二一	鹧鸪天·立冬
一一〇	兰州理工大学百年华诞	一二一	沁园春·贺甘肃省诗词学会三十八秩暨第五次代表大会
一一一	国展铩羽感赋		
一一一	中秋夜吟	一二一	厨娘持烧火棍作画戏题
一一一	教师节忆师恩	一二二	题分水岭
一一二	中秋后一日登兰州北岭	一二二	步虚子令·秋思
一一二	兰州碑林寄怀	一二二	浣溪沙·谒姜维点将台遇雪
		一二三	鹧鸪天·深秋诗会访临洮

一二三	参观省博典籍珍藏库	一三四	鹧鸪天·援鄂甘肃医疗队凯旋
一二三	岳麓山怀古	一三四	鹧鸪天·春姑
一二四	清平乐·己亥小雪翌日小酌滴水崖	一三五	鹧鸪天·春归
一二四	题清水山门村雪景	一三五	鹧鸪天·春
一二四	发小同窗故友之会	一三五	惊蛰二首
一二五	夜宿宝鸡	一三六	庚子春意
一二五	水调歌头·冬日过宝鸡	一三六	庚子仲春晨游五泉山
一二五	观十二届国展行草书展三首	一三六	黄河春讯
一二六	张载颂	一三七	清　明
一二七	云南友人惠寄古茶感赋	一三七	袁第锐先生逝世十周年二首
一二七	沁园春·白云山庄夜瞰黄河	一三七	无　题
一二八	元日雪峰禅寺写经	一三八	清明祭祖
一二八	元日雪峰寺登杨梅山（新韵）	一三八	青城古镇游三首（新韵）
一二八	题雪峰禅寺	一三九	宕昌山湾梦谷行六咏
一二九	雪峰禅寺佛祖成道日迎《永乐北藏》及写经开笔	一四〇	赴宕昌道中
一二九	泉州九日山九九归一榕	一四〇	化马神石
一二九	泉州洛阳桥	一四一	夜宿山湾梦谷
一三〇	登泉州九日山（新韵）	一四一	沁园春·宕昌山湾梦谷行
一三〇	谒泉州忠惠蔡公祠	一四一	观山湾梦谷云海图
一三一	赏　雪	一四二	题耿汉先生画熊猫三首
一三一	己亥岁杪	一四二	望老柳怀左公
一三一	偕妻腊月扫尘	一四三	登卦台山三首
一三二	忧新冠入侵忆"非典"香江行	一四三	夜来喜雨
一三二	雨水吟	一四四	丹青引敬赠吴老辰旭先生
一三二	敬步毛主席《七律二首·送瘟神》	一四四	河滨步道行
一三三	抗疫宅居二首	一四五	日暮听山鸟
一三三	清平乐·庚子上元寄江汉友人	一四五	夏雨初歇河边观水鸟
一三四	清平乐·宅居	一四五	无名草花咏（新韵）
一三四	清平乐·生活琐记（依龙谱）	一四六	痛怀高财庭君
		一四六	水调歌头·铜城金岭公园
		一四七	白银金岭公园四首

一四七	秦州花牛镇南山兼寄杨声学长	一五八	东乡风物五首
一四八	无名花再咏（新韵）	一五八	小　吃
一四八	夏至前夕访临洮五首	一五八	风　物
一四九	游临洮卧龙寺	一五八	浆水面
一四九	夏　至	一五九	唐汪杏
一四九	酬山东刘洪昌兄赠篆刻	一五九	雨　后
一五〇	夏至夜雨	一五九	金城关晚眺
一五〇	兰山烟雨楼雅集得"登"字	一五九	秦安二首
一五〇	拂霓裳·吴定川先生画花鸟	一五九	时　风
一五一	夏日兴隆山麓村舍	一六〇	兴国中学
一五一	于平先生《北方的牧歌》付梓	一六〇	庚子立秋
一五一	马鞭草	一六〇	桃园之乐二首并序
一五二	黄河水车赞	一六一	再访兰州碑林二首
一五二	波斯菊咏	一六二	过永登二首
一五二	向日葵（新韵）	一六二	初秋（新韵）
一五二	风雨欲来	一六二	孟秋访青城
一五三	珠帘卷·金城夏夜	一六二	拈"乡"字韵
一五三	小暑日河上纳凉（新韵）	一六三	高氏祠堂
一五三	造访飞天别馆	一六三	谒城隍庙
一五四	寄语高考学子	一六三	罗家大院
一五四	古浪八步沙感怀三首	一六三	东滩三首
一五五	古浪县古丰镇观油菜花海	一六四	雨中游二龙山寺
一五五	石榴花咏（新韵）	一六四	青城书院
一五五	唐汪大接杏（新韵）	一六五	五七庚祝
一五六	过乌鞘岭再咏	一六五	新婚咏
一五六	古浪西路军纪念馆（新韵）	一六五	白露寄怀
一五六	过古浪县（新韵）	一六六	阜里小酌
一五七	题凉州南城楼夕照（新韵）	一六六	再访古浪八步沙
一五七	鹧鸪天·庚子洪涝	一六六	浣溪沙
一五七	飞天美术馆揭牌暨笔会（新韵）	一六六	鹧鸪天
		一六六	南歌子（依周邦彦）
一五八	杨志印先生耄耋收徒	一六七	过凉州
		一六七	无　题
		一六七	声声慢·游张掖湿地公园
		一六八	鹧鸪天·夜宿丹霞小镇

一六八	高台西路军烈士陵园祭	一七八	武昌东湖（新韵）
一六八	清平乐·登兰山三台阁二章	一七九	记者礼赞
一六九	兰州诗词学会揭牌	一七九	鹧鸪天·答苏志文老师赠寄花生
一六九	皋兰县诗词学会成立（新韵）	一八〇	《飞天》杂志七十华诞（新韵）
一六九	阳关吊古（孤雁出群格）	一八〇	《张化麒书法集》出版
一七〇	鹧鸪天·世琦兄招饮屋顶花园	一八〇	敬步马凯先生《翘首待好诗兼贺中华诗词学会五代会召开》二首
一七〇	鹧鸪天·浪街		
一七〇	浪街秋兴	一八一	欣得石松兄为二囊堂制印
一七一	临夏风雅	一八二	汉画像篆刻寄王东有先生
一七一	随翟万益先生飞无锡机上	一八二	浣溪沙·柳堤观澜
一七二	蠡湖之畔	一八二	增祥先生千金出阁往贺
一七二	无锡之思（新韵）	一八三	清平乐·陇中隆冬行三首
一七二	蝶恋花·月夜无锡	一八三	冬至遐思
一七三	赴无锡参加敦煌藏经洞发现一百二十周年国际学术研讨会暨写经书法展	一八四	庚子冬至欣证冰室收徒
		一八四	江山如此多娇——顾军、张巨鸿毛主席诗词书画作品展
一七三	观柳江南书法展	一八四	岁杪杂感
一七三	临江仙·天柱山	一八五	元旦寄语
一七四	八声甘州·秋访碧山	一八五	庄浪诗词学会成立
一七四	过安庆	一八五	元日赴庄浪道中所遇
一七五	凤凰台上忆吹箫·诗与远方天柱山鹿苑篝火晚会赋	一八六	元日水洛城
		一八六	题华家岭雪景（新韵）
一七五	诗与远方潜山诗会	一八六	腊　八
一七五	潜山观鹿	一八七	"砚田文心"非遗精品洮砚传拓题跋艺术展
一七六	登天柱山（新韵）		
一七六	天柱山小叶珍珠黄杨	一八七	大象无形
一七六	二〇二〇年武汉·中华诗词学术论坛感吟四首	一八七	立春前夜鼠牛交值
		一八八	迎小年
一七七	登黄鹤楼（新韵）	一八八	报苑春晖兼寄牛年新岁
一七八	临江仙·武昌红楼夕照	一八八	观"情系敦煌·段文杰、段兼善父子作品展"
一七八	访抱冰堂		

一八九	鹧鸪天·题友人微信盆花照
一八九	步王传明先生《辛丑新正初五日拾艺学堂雅聚》
一九〇	祝岁二首
一九〇	早春吟
一九〇	南湖春宴
一九一	惊闻耿汉先生辞世
一九一	春　日
一九二	惊　蛰
一九二	戍边昆仑英雄颂
一九二	敬步周文彰吟长《贺叶嘉莹先生荣获"感动中国2020年度人物"》
一九三	朝那湫咏
一九三	二月二日兼寄理发师
一九三	沙尘笼罩数日，晨见雨雪
一九四	鹧鸪天·青花瓷
一九四	春荡清水
一九四	踏青北野
一九五	梅亭诗社周年贺
一九五	故园清明三首
一九五	故　园
一九六	清明过小泉峡
一九六	鹧鸪天·清明
一九六	陇西古莱坞
一九六	浣溪沙·望河亭春晖
一九七	踏青仁寿山
一九七	咏蝴蝶
一九七	庄岑先生、南静女士喜结连理祝
一九八	黄河楼挥送黄河远去
一九八	风　筝
一九八	菩萨蛮·谷雨游五泉山
一九九	菩萨蛮·暮春游五泉山二首
一九九	步翟万益先生和陈浩公，兼恶倒春寒并黄尘蔽日
二〇〇	再步翟万益先生和陈浩公题墨梅
二〇〇	菩萨蛮·蜜蜂咏兼祝"五一"
二〇〇	辛丑初夏阳关行菩萨蛮十八首
二〇〇	菩萨蛮·飞越祁连山
二〇一	菩萨蛮·初到敦煌
二〇一	菩萨蛮·阳关道上
二〇一	菩萨蛮·宿阳关敦煌宫
二〇一	菩萨蛮·月牙泉
二〇一	菩萨蛮·月牙泉与鸣沙山
二〇一	菩萨蛮·鸣沙山上
二〇二	菩萨蛮·月牙泉边旱柳
二〇二	菩萨蛮·阳关怀古二首
二〇二	菩萨蛮·沙漠都江堰
二〇二	菩萨蛮·莫高窟
二〇三	菩萨蛮·锁阳城怀古
二〇三	菩萨蛮·玉门关
二〇三	菩萨蛮·汉烽隧
二〇三	菩萨蛮·大漠沙枣
二〇三	菩萨蛮·莫高窟前白杨群
二〇四	菩萨蛮·敦煌高老庄
二〇四	清平乐·将赴敦煌
二〇四	晨　曲
二〇四	戈壁植胡杨（通韵）
二〇五	阳关戈壁石
二〇五	阳关烛光诗会
二〇五	浣溪沙·雨中官滩沟
二〇五	袁隆平颂
二〇六	栖云小镇看花三首
二〇六	逛早市
二〇七	凭吊先驱张一悟
二〇七	菩萨蛮·荷风
二〇七	芒　种

二〇八　栖云田园小镇游

二〇八　端午栖云雅集拈"题"字

二〇八　补得"紫"字，咏薰衣草

二〇九　辛丑端午登九州台

二〇九　登六盘山

二一〇　栖云田园花海行（古风）

二一二　黄河之滨（排律）

庚子年撰联

二一四　宕昌县山湾梦谷联四副

二一四　秦安县兴国中学联

二一四　榆中浪街"洋芋搅团"店联

二一四　浪街小吃街联

二一五　浪街广场长廊撰联三副

二一五　为秦安县兴隆寺撰联

二一五　张掖弱水书院联

诗词研究

二一六　求正容变前提下的诗词意象摭谈

二二八　后　记

咏莲花山①

陇右奇峰遗世立，松攀翠岭尽含烟。
忽闻谷涧花儿起，仰望云天一朵莲。

2007.6

［注］①莲花山为陇右名山，主峰形似莲花而得名，是莲花山"花儿"的发源地。

游肇庆星湖

［题记］戊子初秋，趁送爱女南国求学之机，偕家人顺游广东肇庆七星岩。置身湖光山色，亦不免生离愁别绪。

星宿何时坠此间，小岚如黛翠云鬟。
山藏碧窍栖霞洞，湖动风荷悦我颜。
船桨笙歌兴快意，长汀芳榭度余闲。
花堤倒映斜阳树，瑶草笼烟薄暮还。

2008.9

己丑除夕

雪飞银鼠别元辰，垄亩牛耕惊醒春。
岁月常随寒暑换，星河遥转一天巡。
悠悠万事何能待，寸寸光阴无不新。
唯愿乾坤浮瑞象，征程圆梦启航轮。

2009.1.26

祁峰画赞

情融翰墨词章举,塞外风尘多所皴。
赭翠初裁高岸醉,鹅黄开染暮山春。
斋中柽柳驼蹄疾,纸上烟霞牧笛新。
未必毫端曾落拓,丹青焕彩映寰宸。

2010.5

清平乐·过六盘山遇雪① (依龙谱)

霜花雪剑,雾锁琼林暗。不畏薄冰山道险,一往无前肝胆。　　遥闻壮举当年,而今空自凭栏。吟啸诗成留影,多情如寄云山。

2010.12

[注]①彼时余同报社同仁奔波在党报发行一线,风雪无阻。

元宵夜咏

云山难隔升东岭,寒凝冰轮玉镜悬。
溢彩流光灯幻化,腾龙走兽舞翩跹。
烟花焰照初圆月,炮仗声惊不夜天。
四野风和逢雨水,九霄霞紫共婵娟。

2011.2.17 元宵

五十自况

韶华易逝去匆匆,年少光阴类转蓬。
半世平凡春梦远,忧思渺渺似孤鸿。

2013.9

破五晨起见大雪纷飞

炮仗冲天好梦惊,已然财运福神行。
开轩扑面梨花舞,拥抱春风浪漫情。

2014.2.4 正月初五

清 明

天长日暖暗云惭,任性桃花却未谙。
一夜寒霜欺薄嫩,可怜粉瓣已难堪。

2014.4.5

嘉峪关(新韵)

雄矗西天界,荒荒朔漠端。
春风割不断,归雁载书丹。

2014.5

黄河石林颂

九曲波涛生古韵,方刚血气化云升。
奇峰拔地迷狼虎,巨笋擎天拦鹫鹰。
万壑虚怀霜雪冽,千山颔首夕阳承。
俄惊浩渺明霞远,势压横流筏客征。

2014.5

初夏游古成纪①文庙

初夏游成纪,迷离醒复忪。
晨曦临牖户,夜雨涤心胸。
崇圣文皇拜,寻芳石径逢。
钟声传远久,唐柏色还浓。

2014.5.10 于秦安客次

[注]①甘肃省秦安县,古名成纪。

篆刻家乐种田①

半世隐沦书事沧,今朝拨雾显名扬。
胸藏丘壑难泯灭,金石乾坤更稼桑。

2014.5.10

[注]①乐种田,原名雒俊田,篆刻家。隐居乡间小城,一生蹇难,志不得伸。时,有资深媒体人范公昌德者,自省城赴秦安,与乐老朝夕相处数日,撰写了报告文学《隐沦大师乐种田》,一时声名大噪。

通渭温泉记

蝉喘雷干禾叶萎,　神泉隐约笼轻烟,
汤池蒸蔚天恩典,　仙气氤氲地热涓。
洗我凡胎舒瘦骨,　培卿元气聚丹田。
轻风一缕凭君挽,　恍若桃源卧醉眠。

2015.7.11

夏日兰州

黄河襟带洪波涌,　左柳苍然作翠微。
楼布平川图卷展,　花开龙尾彩霞飞。
槐阴古道连云脚,　浪卷长堤映月辉。
九曲安澜千载镇,　燕鸣高阁暮鸦归。

2015.7.20

追　梦

[题记]夜雨添凉,暑气顿消,梦中与妻携手观月,天色幽明,忽见对面山涧中跳出俩鹿,于潭边奔跳。一黑一白,一大一小,见人略惊而不去。晨起愈加清晰。于五泉晨练后记之。

夜雨添凉暑气消,　秋风恨入梦云遥。
相携山水观明月,　忽现潭边俩鹿跳。

2015.8.9

祭　母

心事今年添几许，孤星冷月走空庭。
遗音瘦梦难成忆，土炕寒衾总复醒。
缥缈香云凝泣泪，幽暝烛影叹仃伶。
坟头野菊随风曳，木叶霜摧不胜零。

2015.10.9

［注］家慈于2012年10月去世，于今三载矣。

过陇中村落

天晴气朗陇云飘，万木经霜华岭娇。
西巩驿边风景异，南坪垣上物华饶。
营坊再造妆新貌，村学重修乐幼髫。
喜看洋楼庄院起，书声悦耳动心潮。

2015.10.19
于安定区西巩驿营坊村

乙未冬至

［题记］乙未冬至，余赴天水、定西等地，督促报纸征订。深感发行艰难，吃报业这口饭不易。因赋所感，与同仁共勉。

塞云漠漠关山越，使命担肩难等闲。
无暇壶樽催订数，车轮驱返县区间。

2015年冬至

偕妻冰室拜年

[题记]丙申正月初三,偕妻给先生拜年,适逢词赋家胡云安先生伉俪。先生兴起,谈艺论道,至子夜方话别。先生还赠我夫妇特制紫砂茶壶一把,上刻有他用甲骨文的题识"壶中日月长"。

新年艺话沐春风,聆训还祈启胆雄。
不辍笔耕池映月,丰收有约在壶中。
2016 甲丙正月初三

河南内乡三首

晨 兴

内乡灵秀地,明水映芳菲。
岸柳闻风色,修篁列幔帏。
翩翩鸿雁过,朗朗诵声依。
自古多良俊,朝霞醉日晖。

县 衙①

内乡存旧署,千古咏高衙。
明镜千秋月,缁衣三尺纱。
谁言德辉远,正赖美名嘉。
瑞霭重霄紫,和风四野花。

夜 宿

内乡天欲晚,城古夕阳斜。
楼宇排云阵,茶坊联署衙。
壶浆梆子兴,皂隶戟刀咤。
湍水凝骚韵,犹珍梦里花。
2016.4.23 于河南内乡旅次

[注]①河南内乡保留了古代的官署县衙,有"天下第一衙"之称。

夏晨记趣

初夏晴方好，烟岚起翠岩。
墙头猫乱叫，巢鸟聒喃喃。

2016.6.6

夏日登北山

北岭葱茏秀，登高一望收。
云升遮翠岭，河漫过沙洲。
楼宇丹霞蔚，岩峦碧绿酬。
晴空疑大鸟，轰响直机兜。

2016.7.22

赴两当道中

渌水明山多莽榛，纵阡越陌远红尘。
林深草蔓青松秀，岭峻花香碧野新。
筱筱轻摇闻鸟语，淙淙喷薄见泉鳞。
难为一日神仙境，俗务抛开自在身。

2016.10.2

参观两当兵变纪念馆

一自风云起两当,青苹之末济时匡。
搏蛟沧海英雄手,伏虎莽崖肝胆郎。
南斗启明悬北户,长弓会挽射天狼。
洪流东去滔滔势,倒转乾坤为国殇。

2016.10.2

秋登卦台山

如伫如维山势嵬,秋风落叶我徘徊。
群峰拱卫回星宿,一水蜿蜒萦卦台。
不有龙蛇遗圣迹,焉知天地动神雷。
乾坤立极穷今古,华夏文明从此开。

2016.10

观狂草四人展①

森然势韵起苍黄,壁走龙蛇剑带霜。
草圣惊闻无不喜,诸生近睹血偾张。

2016.11

[注]①2016年11月26日,"万殊一相·狂草四人展"在兰州隆重举办。胡抗美、刘洪彪、王厚祥、张学群等四人参展。

《家风》付梓致张生贤先生[①]

孝悌亲恩存懿范,忧劳未敢误晨昏。
光和雨润庭前柳,树蕙兰滋堂上萱。
忠厚怀仁才济济,礼容待物益敦敦。
从来国运连家运,自古读耕传子孙。

[注]①《家风》系张生贤偕弟兄编撰记述其先考妣言行的书。

无 题

峰登绝顶欲何求,岂把星辰一尽收。
别恨云天遮望眼,骖鸾驾鹤志谁酬。
2017.1.22 夜

步翟万益先生《赠平生》原玉

和风送好春,新日期望真。
草卉何曾怠,流芳不待人。

附:翟万益先生《赠平生》

遗君一枝春,满室放天真。
墨花相呼唤,新帙最宜人。
2017.1.22 夜

滑 雪

[题记]太子山麓松鸣岩,开发有人工滑雪场,造得一片冰雪世界。大年初四,携小女并几位小亲戚,有此体验。从山巅到山麓,为皑皑白雪所覆。四野裹素,碧昊红日;风冽如刀,雪明似镜。偌大雪场,一派洁白静穆。滑雪者众,常有人仰马翻者。

老夫也学少年狂,步态蹒跚涉雪场。
撬踏履登心悸动,马翻人仰意平常。
飞身女子惊还笑,纵臂孩童神采扬。
沉醉不归红日坠,全抛烦恼解忧伤。

丁酉大年正月初四

宴王大川兄自京来

喜鹊喳喳叫,新朋远道来?
音容何故疏,华发自相催。
最爱还乡味,舒心换旧醅。
三更曾不醉,叨叙尽余杯。

2017.2.6

李江平制洮砚

从来砚贵鸭头绿,采石原来如此艰。
更赞良工神鬼手,案头方得展容颜。

2017.2.11

河滨觅春

晴岚日暖怯微寒,岸柳舒枝托白滩。
几处河鸥争竞渡,一排秋鸭①觅微澜。
风携大翼扶摇上,艇动洪波冲浪湍。
沙渚寂寥稀鸟迹,大河不尽复天宽。

2017.2.14

[注]①秋鸭,指中华秋沙鸭。二十余年前,余之忘年交、国际知名鸟类学者张智言先生在黄河兰州段发现中华秋沙鸭越冬种群。

花市识春风

最爱春来瑶草色,徜徉池苑忘忧伤。
盆盛榕树虬龙态,钵举水仙清秀妆。
艳美惊心融宝气,光华拂袖吐幽香。
东风常与桃花便,眼底芳菲怕黑霜。

2017.2.15

无 题

山阴道士何曾远,千古骚人相顾看。
墨渖谁能当酒饮,斯馨百代气如兰。

2017.2.20

晨 练

和风拂面草芽萌，耳畔频传雀鸟鸣。
山脊雪融残迹浅，池中影动细鳞轻。
四时佳兴光阴迫，万木初荣旭日迎。
陶性健身形意好①，忽闻绝壁瀑泉声。

2017.2.25

［注］①形意，指形意太极拳，传统武术之一。

晨登北山

春早试登高，心胸始觉豪。
云升追步道，目极尽兰皋。
野圃双鹅戏，蓝天一雁翱。
掐枝花信探，何日妆锦袍？

2017.3.3 于兰州北山

春雪二首

一

乍暖还寒似恋冬，疏林飘絮作松茸。
乾坤一色铺宣素，泼墨挥毫方有容。

二

昨夜好风吹玉雁，甘霖从此润新芽。
琼花妙态团团舞，盼却相思桃李花。

2017.3.12

柬李峻峰①兄荣誉致仕

一

花甲行船驻岸边,手持羽扇憩峰巅。
回眸萧索知来处,负重弟兄还向前。

二

凯歌一路总关情,冬去春来岁燕鸣。
喜是岭南频传捷,邕江月上照平明。

2017.3.16

［注］①李峻峰,原广西法制日报社社长、总编辑,全国省级法制报业发展年会主席,资深媒体专家。

觅 春

扇遮颜面目含姣,花探芽苞柳未匀。
沟涧泉鸣新草发,满园都是觅春人。

2017.3.18

踏 春（新韵）

旭日晴空穿北岭,鸟鸣声脆悦林间。
风裁细柳柔柔摆,树引新藤簇簇攀。
好雨催生园卉秀,丽人无碍野溪潺。
薄衫翠袖羞眉黛,要与山花赛媚颜。

2017.3.18 晨于五泉公园

官滩沟早春

阳春气暖山桃发,雪积官滩亮眼明。
一树杏花红已绽,二三疏柳绿无成。
平畴不见耕牛走,瓦舍犹闻鸡犬声。
曾是南通茶马道,平川尽处马衔横。

2017.3.20 午官滩沟偶寄

怀家父①

遥忆坟头草色新,别离泣泪十三春。
不堪烛火幽明处,莫怪寒鸦来去频。
耕畜哞哞常入梦,纺车辘辘永伤神②。
清樽一盏心头奉,遥拜故乡云水亲。

2017.4

[注]①家父于2004年4月去世,于今已十三载矣。②家父生前常放牧牛羊,农闲时用自制纺车纺羊毛、亚麻线,用来织裹脚、口袋。

早春写意

好雨洗微尘,春风剪柳新。
万花迟疑甚?哪个不争春。

2017.4.1 晨于五泉

丁酉无锡行

[题记] 丁酉阳春三月，莺飞草长，落英缤纷，"问道江南·翟万益书法展"即将在无锡举办。余有幸陪同吾师翟万益先生赴无锡，作"问道江南"之行。

机上抒怀

问道江南去，山云负在肩。
登舷逢细雨，飞燕起轻烟。
冬尽冰河解，花开好梦圆。
扪心何所顾，快意直凌天。

2017.4.7 傍晚飞赴无锡航班上

无锡晨趣

晨雾隐崇楼，蒙蒙细雨柔。
街稠灯火赫，林翠鸟声幽。
花落铺犄角，歌渔入浦洲。
江南烟雨好，自古占风流。

2017.4.10 晨记于无锡锡州花园酒店

雨中游荡口古镇①

雨疏游荡口，仁里矗牌坊。
世代崇华祖，还看诒谷堂。
中兴遗梦远，启迪泽恩长。
吴带存风韵，鹅湖②尽菲芳。

[注]①荡口古镇位于无锡市东隅，以华氏世族重仁义兴孝道昭彰，存诒谷堂。
②鹅湖为华氏后人奉母"春草轩"之地。

宜兴紫砂壶

陶出宜兴冠紫砂，泥沙幻化誉奇葩。
流波太古精魂注，天地玄机一品茶。

宜兴竹林游三首

一

一抹翠微潺石隐，林深如海现峰鬟。
谁铺金叶香樟地，醉此阳春报赧颜。

二

微雨空蒙诗兴宜，湖光倒映竹风漪。
金铺满地惊时易，恍惚秋声一叶知。

三

搅动涟漪风送爽，竹竿撑起碧霄长。
倚云劲节青峰立，诗酒淋漓醉羽觞。

2017.4.11 宜兴

天华博物馆①

商界枭雄岂独纱，如今博物世称嘉。
奇珍天下云烟聚，宝放光华灿若霞。

2017.4.12 于江阴

[注]①无锡天华纱业集团是一家以纺纱为主业的民营企业，董事长周见明先生热衷收藏，积近三十年心血，集腋成裘，积聚数万件三十多类古今中外藏品，建成规模宏大的博物馆免费开放。

南艺国培班①

一

风轻云淡钟山道，葱翠盘桓圣殿堂。
学子国培南北聚，莘莘勤勉镀微芒。

二

钟山烟雨起苍黄，南艺声隆美誉彰。
故友远来东主喜，利明教授②激情昂。

2017.4.14 于南京

[注]①陪同翟万益先生赴南京艺术学院国培班作甲骨文专题报告。②徐利明教授时为南京艺术学院教授、博士生导师，热情接待了我们。

自无锡赴宁道中

闲吟言笑忘乡愁，白绿红黄眼底收。
镜水云山依旧貌，春风一路驻心头。

南京半日

细柳轻尘疏淡烟，暮春三月杏花天。
秦淮水碧流波静，旧燕乌衣千古穿。

过太湖

烟波浩淼云天远,明秀风光胜画图。
晚唱渔舟如梦幻,湖珍美味鹭长凫。

2017.4.14 夜于常州客次

常州行吟（新韵）

满目芳菲四月天,杨花纷谢翠含烟。
运河波涌开新运,莲沼鱼游并蒂莲。
红袖悲歌堪绝代,归人故地为心安。
但留今夜常州月,愿做渔翁不羡仙。

2017.4.15 夜于常州客次

访藤花旧馆①

藤蔓海棠杳杳枝,坡翁归处尚离披。
黄冈明月辉千古,风雨芒鞋百可宜。

2017.4.15 于常州

[注]①藤花旧馆,即东坡旧居,坡翁于此辞世。旧有藤花海棠,今已无存。

过石佛峡

云淡风轻四月天,　峡通石佛马衔巅。
莽苍山黛暄明烛,　烂灼桃红靓小川。
赛雪梨花蜂蝶闹,　含岚陂野柳丝翩。
耕夫阡陌桃园望,　青瓦白墙升紫烟。

2017.5.8

洮砚艺人卢锁忠赞

洮水珠流去不回,　峡深坑邃探岩隈。
光阴半百随身过,　文曲一朝从眼来。
黄绿膘筋寻腠理,　古今天地出新裁。
胸中造化藏丘壑,　沽酒烹茶也占魁。

2017.5.14

初夏过华家岭（新韵）

草色茵茵风染绿,　华家岭上木葱茏。
野花一路难看尽,　最羡骑驴野谷中。

2017.5.20 赴通渭途中

小满通渭遇雨

晓来华岭起岚烟,葱翠晴川一片毡。
向往平襄①通古道,悦心②书画会时贤。
千秋笔墨千重韵,一抹烟霞一卷禅。
小满佳令降小雨,旱塬犹此沐甘泉。

2017.5.21 客陇中通渭

[注]①平襄,通渭古称。②悦心,指悦心书画城。

客栈闻雨声

檐前细雨似琴弦,莺语花间不见蝉。
小雨藏山生墨韵,池塘清浅一枝莲。

2017.5.22 于通渭客次

雨中登山

细雨洗藤荆,雾中听鸟鸣。
登高好舒啸,山道早人行。

2017.6.4

陇上文馨书法周三首

一

绵延祖续赖承传,草圣精魂一脉连。
阡陌花繁嘉木育,馨香陇上自甘泉。

二

大咖博导荟师堂,讲授殷殷启智光。
映月池清鱼忘水,明珠投掷放光芒。

三

参天发轫自苗秧,渐出蒿蓬志栋梁。
喜遇甘霖迎晓旭,敢同松柏到冰霜。

2017.6.10

丁酉河南行

[题记]2017年6月中旬,应邀参加兰州市政协书画院组织赴河南开封、许昌、洛阳三地书画交流考察。

甫抵开封吃糊面①

钩月迎晖旭,朝霞绣绮裳。
川原风露翠,麦菽垄畴黄。
陇右辞明水,中州辘饥肠。
最为糊面适,锦上饭犹香。

2017.6.13 于开封

[注]①早晨从兰州飞郑州,径往开封,下榻锦上酒店,时已午后,饥肠辘辘;酒店专为做一锅杂烩面,当地称糊面,真是好吃,因以记之。

开　封

千载皇都续脉长，东京华景染苍黄。
巍巍古塔擎霄汉，耿耿忠心报国殇。
画睹神超人亦醉，宴陈珍馔酒犹香。
观游自当矜年少，难觅闲情坐竹篁。

2017.6.14 晨于开封

游铁塔园

芳馨汴水边，铁塔矗云天。
风动传铃铎，荷摇出碧莲。
蝶来花欲静，波兴鲤难眠。
柳浪闻啼鸟，沉迷欲忘年。

2017.6.13 夜开封

游览开封翰墨苑

开封翰墨苑，妙笔汗青留。
文脉传遗响，光华射斗牛。
徘徊斜照揽，消散梦云收。
珠露鱼龙静，波潮菡萏幽。
江山披锦蔚，沧海寄蜉蝣。
抬望双塔矗，回眸一水流。
登楼怀骋远，千古思悠悠。

2017.6.16 于开封

龙亭怀古

金蕊香融翠叶间,莲池吹皱几兴澜。

连营旧梦遥千载,孤耸龙亭夜露寒。

2017.6.17 开封

许昌怀古

三国烽烟铭此域①,许由洗耳事悠长②。

山丘约誓留遗恨③,金印辞悬为别觞④。

汉祚衰微谁力挽,朝纲独断尔曹匡。

兴亡千载皆云散,地覆天翻慨以慷。

2017.6.17 于许昌

[注]①三国时期,许昌为中原逐鹿战场中心。②帝尧时期许昌古称"许",高士许由牧耕此地,洗耳于颍水之滨而得名。③山丘,指土山约誓,出自明·罗贯中《三国演义》第二十五回:屯土山关公约三事,救白马曹操解重围。④金印辞悬,见《三国演义》第二十六回:袁本初败兵折将,关云长挂印封金。

游少林寺

刹隐翠微香客依,参游蝉噪欲仙归。

观堂巨木刨薪爨,香积厨中藏化机。

2017.6.17 于少林

游洛阳龙门石窟二首

一

河开伊阙辟龙门,造窟连云寂寂存。
佛顶生苔铭岁月,龛居修炼遗残痕。
初为造像发宏愿,终究雕文铸字魂。
攀揽蜂房为叹息,此间瑰宝誉乾坤。

二

山势崔巍伊水碧,龙门共挹映苍垣。
凌云石磴行千乘,夹岸岩峦供万尊。
力士须弥殊响古,金刚怒目异音敦。
岚含远岫熏风劲,幽窟忘言暮霭昏。

2017.6.18 于洛阳

午 耕

读耕未歇午时过,水滚三开煮爨锅。
村叟野田相对饮,疏离桃杏牧童歌。

2017.6.20

敦煌夜思

[题记]丁酉盛夏,应邀赴敦煌参加"一带一路书画名家邀请展"。期间访问汉唐美术馆、敦煌佛教书画院。

苍莽油云映雪皑,寂寥明月汉时台。
飞天仙子洒花雨,灵鹿神泉降福来。
搅动鸣沙风正好,翩跹歌舞乐徘徊。
驼铃丝路移星斗,古郡而今出妙裁。

2017.7.1 于敦煌旅次

鸣沙山月牙泉四首

一

流沙似火人迷眼,跣足赤身蒸汗滂。
倏忽眼前奔寸蜥,灵泉鳞细走沧浪。

二

一湾芦茂胜春①馨,天镜抛沙通北溟②。
慧眼澄明观万象,汉唐新月映楼亭。

三

澄泉作砚盈池墨,借得长毫书大荒。
惊坐飞沙舒浩气,晴空瀚海雁高翔。

四

炎炎广漠生奇柳,树做"夫妻"翠盖披。
历尽风尘无数劫,甘为遮暑耐娇姿。

2017.7.1 于敦煌旅次

[注]①胜春,月季花别称。 ②北溟,相传月牙泉通北海。

盛夏过凉州

暑气腾腾戈壁烈,牧歌唱晚噪鸣蝉。
回看麦菽千重浪,如黛祁连沉日边!

2017.7.1 傍晚于武威西郊永丰镇

过乌鞘岭

乌鞘岭上塞云茫,锁钥河西万古荒。
吹面微寒炎夏冷,平畴放眼菜花黄。

2017.7.2

武威祁连山麓农家乐

祁连屏障势蜿蜒,山麓农家渠水边。
朵朵白云伸手及,双双红掌弄波翩。
乐看杨树防风害,目睹鸡鹅共蚱蝉。
煮豆烹羊兴酒令,长林一抹淡疏烟。

2017.7.2

夏 夜

暑热真难耐，台高夜纳凉。
细听虫鸟语，还醉夜来香。
伸手云裳扯，仰观星宿妨。
重霄思浩瀚，惬意在壶觞。

2017.7.17 夜

夏夜河边行

河声珠露柳丝长，信步来追堤上凉。
心动蛰蛙芦底叫，萤虫点点散微芒。

2017.7.18 夜

种 花（新韵）

岭陡河声渺，明霞碧昊通。
作盆移沃土，接木架花藤。
假日光阴待，休闲趣味穷。
晨曦明户牖，树鸟醒楼风。
津浦白云起，山隅落絮倾。
烟波霓彩贯，快艇短笛横。
未几淹留处，榴花笑在丛。

2017.7.22

陪孙璘①先生一行赴和政

穿塬越谷到宁河②,野岭葱茏起翠波。
南客开心听趣事,车行陇上逍遥多。

2017.7.29

[注]①孙璘,中国书法家协会理事、无锡市书法家协会副主席兼秘书长、无锡市国画院院长。②和政县位于甘肃省临夏回族自治州,古称宁河。

古生物化石馆

化石森森游客攘,庞然古象发声彰。
变迁陆海知兴废,亿载时空凝液浆。

2017.7.29

观敦煌神女歌舞杂技剧

大剧皇皇演艺工,千锤百炼现真功。
人间魔鬼难除尽,善恶惩扬寄上宫。

2017.7.29

闲居养花

填得瓷盆沃土凭,春来插柳压青藤。
探头山虎疏篱附,阔叶水莲轻露承。
芍药香浓新蕾孕,金银花灿老蜂矜。
微风沉醉田田绿,凉夜清辉爽气凝。

2017.8.4

夏日遣兴三首

一

骄阳升碧昊,似火暑天烧。
晨练当安步,习拳宜在朝。
公交鱼罐挤,街肆炼炉嚣。
傍晚河风起,蒸笼一半消。

二

五泉幽僻处,仰脖望崇山。
野径攀红柳,高亭遇素颜。
回看山路险,挥汗薄衫干。
不羡闲云鹤,何当奋力攀。

三

一叶知时序,晨光映翠岚。
青藤缠似梦,秋水聚如潭。
顾影谁堪忆,长歌我自惭。
云霞天际外,风月静相涵。

2017.8.7

河滨秋夜

杨柳婆娑流翠暗,汤汤河水过重峦。
青峰明灭霓霞卷,白塔阑珊银浪湍。
叶落花开庚吉序,月升潮涨在安澜。
兴潜万古滔滔逝,风景悠悠恣意观。

2017.8.24 夜于河滨

李贵明①专题篆刻展

昆刀剖玉出圭璋,奋翅青骢越骥骦。
心动情融挥沛墨,云吞气挟过梁墙②。
缀连古道追秦汉,探究艺源尊鼎觞。
万里牵来收腕底,天都花雨播芬芳③。

2017.8.28

[注]①李贵明"一带一路"国家艺术基金资助专题篆刻展此间在兰举办。②梁墙,前人的高度。③天都花雨播芬芳,指获得国家艺术基金资助。

初秋游兰州湿地公园

薄岚垂坝柳,丽日照亭台。
径曲廊龙走,花红蜂蝶来。
河滨凫野鹭,芳甸覆轻苔。
踽踽寻真趣,留恋几徘徊。

2017.9.6

教师节忆尊师

清秋对月赋新词，几许推敲恐意迟。
一束菊香酬绛帐，薄醅盈盏忆尊师。

2017.9.10

初秋晨登伏龙坪

［题记］初秋晨，登伏龙坪，时旭辉洒泄，草木蓊郁，山鸟鸣声此起彼伏。沿山涧步道登攀，惊得雀群轰然而飞。西边天空尚留残月大半，似玉镜然。

清辉洒泄碧云天，月挂西边玉镜悬。
细草葳蕤秋露结，深林蓊郁晓风连。
三层高阁飞檐耸，一坰崖边雀鸟旋。
盘道缓登移步景，黄河望远一丝牵。

2017.9.11 晨于兰州伏龙坪

登兴隆山

［题记］丁酉秋，中国书法出版传媒集团董事长李世俊率员抵兰专访翟万益先生，幸得便陪同游览陇中名胜兴隆山。登东山，观烟霞，听松涛，欣喜记之矣。

山列屏障流水潺，陇中殊胜我来攀。
登临东顶舒胸臆，目极西峰展翠鬟。
霜雪常逢浓雾岭，风雷难动古松颜。
百年吟诵留誉后，千古成陵看宇寰。

2017.9.13

滴水崖①雅集

高崖滴水涌灵泉，染翰挥毫夜未眠。
绘事千秋崇后素，芬芳腕下出婵娟。

2017.9.15

[注]①滴水崖为朋友开在闹市一隅的品茶会友所在。时著名书画艺术家田耘、陈银平先生自海南来，深夜于此品茗吹牛。

雨中访龙源

[题记]龙源位于兰州金城关西侧黄河岸边，是一个以"龙"为主题的雕塑公园。展现了龙文、龙诗、龙图腾、龙字书法、龙成语、龙生九子等内容。

偷来闲片刻，微雨访斯园。
雾霭笼秋水，河声传浩喧。
嵯峨潭影静，缥缈鸟形昏。
壁上千龙现，图腾华夏根。

2017.9.18

孔门陇上三学贤赞

石作蜀①

求学春秋在孔门，陇头毓秀出英魂。
懋修有德亲仁泽，克述无言从义尊。
能傍尼山承日月，庶几大道定乾坤。
唐封宋赞留誉后，梓里开坛教化敦。

[注]①石作蜀，字子明，春秋时期冀县（今甘肃省天水市甘谷县）人，就学孔子门下，为七十二贤之一。学成返乡，扬儒学，淳教化，移风俗，一时文教大兴，人文蔚起。唐玄宗时封石邑伯，宋大中祥符二年封"成纪侯"。

秦　祖①

赴鲁怙行移俗悍，尼山共仰孔门徊。

儒宗邈邈传仁学，圣绩皇皇吝大才。

百二河关多俊秀，三千弟子少驽骀。

已携时雨春风至，无碍秦州素月来。

[注]①秦祖，字子南，东周上邽（今甘肃省天水市秦州区）人，是孔子七十二贤人之一。唐封少梁伯，宋为鄄城侯。今秦州文庙设祠。

壤驷赤①

生子上邽名驷赤，昭彰义理圣人徒。

通经达变明时善，卫道修敦成俊儒。

曾向杏坛沾化育，从来宏业凭驰驱。

诗书规矩飞鸿羽，领袖群伦使命殊。

2017.9.20

[注]①壤驷赤，字子徒，春秋上邽（今甘肃省天水市）人，与石作蜀、秦祖号称"陇上儒学贤"。唐追封为北徵伯，宋封上邽侯。今秦州文庙设祠。

赴庄浪道中（新韵）

秋气陂原爽，高阳艳艳天。

果红垂欲坠，禾褐立而弯。

载酒酡颜醉，旋书碧叶嫣。

收眸无限景，行道野花妍。

2017.9.22 于陇中道中

大地湾古聚落

钻火直行人别猿，微茫足迹证残垣。
蒙迷未醒犹长夜，曙色幽明待脯爝。

2017.9.25

云崖寺

[题记] 来到庄浪，云崖寺是必游名胜。出庄浪县城东行，约三十公里，山势奇巧，林木葱郁，碧水倒映，古刹幽幽。陇中素以贫瘠著称，竟有如此美境，可见造物之公平。千古江山，不乏殊胜异景，然集自然风景与人文内涵于一身者，则不可多得，关陇腹地之云崖寺，具矣。

险道盘旋入翠嬛，淡云时雨自缠绵。
舟行碧浪湖如挂，膜拜危岩龛似悬。
但赖禅修观息念，从来教化胜先天。
神州殊景难游尽，一日山中一日仙。

2017.9.26

天池朝那湫寄兴

[题记] 庄浪县郑河乡上寨村东北之湫头山，有"天爷顶"之谓，天池朝那湫即在此。据传，西王母曾在此洗浴。在簸箕湾深处，有石洞，洞壁巨型岩石上，刻有字迹："华胥氏□□大人迹生伏羲处。"

蜿蜒水洛通朝那，渊镜天光映叠峦。
难考华胥居穴洞，犹闻王母浴湫澜。
千秋雷泽威灵异，万丈龙宫磐石安。
不泯沧桑兴废事，无边风景染如丹。

2017.9.26

庄浪水上公园

黄土山原筑古城,湖光翠影映空明。

千秋庙祀将军沪,胡鼓秦腔惊鸟鸣。

2017.9.30 庄浪草

翟万益书法(偃师)展①二首

一

文华辉映醉金秋,甲篆森然亮眼眸。

壮美雄浑横剑气,无边墨海大坤浮。

二

云龟鼎甲铸苍黄,墨渖淋漓元气藏。

万丈豪情胸臆抒,殷墟遗韵此昭彰。

2017.10.9 于偃师旅次

[注]①"醉金秋·翟万益书法作品展",2017年10月9日在河南省偃师张海书法艺术馆隆重举办。

张海先生及西部书法新秀班

领袖群伦秉所宜,良才再造美名驰。

珠玑雕琢生光彩,千尺新松在可期。

2017.10.9 于偃师旅次

丁酉秋上海诗存

[题记] 丁酉之秋,偕妻游上海,看爱女,诗记之。

夜抵沪出高铁站遇雨

璀璨华灯惊白昼,珍珠万斛散尘寰。
夜风搅雨融霓色,喜见女儿初淑娴。

2017.10.16 夜于沪

提篮桥秋思

提篮遗迹在虹桥,惯看秋枫慰寂寥。
善恶终须铭记取,摩西堂内比岩峣。

2017.10.17 于沪

观三木健"苹果"设计展①

东瀛苹果沪闻香,三木宏思俏艺廊。
徒手线长穿宇内,乔斯牛顿叹三郎。

2017.10.18 于沪

[注]①日本设计家三木健以"苹果"为主题的展览此间在上海举办。余之爱女参与策展、翻译等展务。

称斤买书

典籍从来贵比金,秤称销售乐书蝉。
皇皇充栋陈山岳,竟日淘淘探宝琛。

2017.10.18 于沪

长风公园之晨

薄纱拢翠好风光,　明媚湖山扮靓妆。
万顷舟行划镜水,　千竿风动卷修篁。
欢颜游客闲闲憩,　弄蕊园蜂旋旋狂。
披岸晨岚笼碧树,　青枫桥下戏鸳鸯。

2017.10.22 于沪

田子坊游观

小弄摇身游乐场,　田坊远播美名扬。
熙熙尽是三江客,　脑洞能开慧思彰。

2017.10.23 于沪

参观上美①六十周年作品展

五纪光阴凝素壁,　代传贤达显丰功。
向来仿佛临芝圃,　蔚起新苗自出蓬。

2017.10.24 于沪

[注]①上美,即上海美术设计有限公司,时爱女工作于此。

客居弄堂

慕名上海老街坊,　时客栖居在弄堂。
感受百年风雨驳,　容身逼仄似蜂房。

2017.10.25 于沪

敬步郭治川老师《登八达岭长城》

逶迤镇燕行，征雁鉴黄苍。
万里封胡狄，千秋思激昂。
心惊碉磡险，回望塞云长。
欲为金汤固，伤民难祚昌。

2017.10.28

附：登八达岭长城

郭治川

长城锁燕行，千载傲穹苍。
攀越雄关险，登临浩气昂。
胸罗叠嶂矮，目锐雁天长。
烂漫金秋醉，天人庆世昌。

晚　秋

萧寥日暮时，雀鸟谢篱迟。
菊晚凝冰蕊，叶红增雾披。
河声孤梦绕，雁语淡云辞。
野径徘徊久，西风笑我痴。

2017.10.29

秋思二首

一

瓦冷鸳鸯宵露白,秋伤疏柳小园荒。
朔风向晚传寒讯,木叶经霜卸锦妆。
生灭有常多寂寞,枯荣如梦几行藏。
残阳易老菊难负,杀尽他花留晚香。

二

光阴如缕秋阳织,锦绣剪裁无竟时。
寅夜书中追宿梦,晨来墨沸寄忧思。
花开花谢如朝暮,云去月来何早迟。
望野苍茫看落叶,心留一片作涟漪。

2017.10.29

过界石梁①

雾锁云开界石梁,山林欲染映苍黄。
遥闻战鼓风雷动,妙算如神大纛扬。

2017.11.5

[注]①界石梁上有界石铺,隶属甘肃省静宁县。1935年10月3日至5日,毛泽东、周恩来、张闻天、王稼祥、博古等长征途经此地,分住在数户农家小院内,并成功突围国民党毛炳文三个团的猛扑。

早胜塬上

塬头风物傲秋阳,翠色作堆霜菊黄。
阡陌耕夫常最乐,围炉夜话菜根香。

2017.11.5

山城夜宿

黄昏纱笼月,窑洞透灯光。
入耳钟声远,回眸晚霓殇。
山城廖寞夜,思绪不成章。
晓雾移行处,耕廛尽渺茫。

2017.11.6 宁县

红柳咏

秋尽南山万木摧,道边红柳拂人来。
低头莫笑长条弱,也向西风舞一回。

2017.11.11 兰山

咏爨①八章

一

野芳佳木发幽香,宝子龙颜诞曜光。
不与朝贤循素守,高骞渊自佐书彰。

二

撷来百米酿淳厚,鼎爨炆烧味贵真。
万古流芳神圣事,雄强静穆得通神。

三

琼林落蕊映苍穹,霜染鬓头身自躬。
鸿渐②萦怀寻片羽,克勤朝夕道常隆。

四

烟云高邈追毫素,二爨堂前盼雅风。
鬓染常迷池砚月,山阴道上显飞鸿。

五

霜林落霰梦黄裳,何日青毡起凤章。
永志怀修骞绝技,三千废纸太平常。

六

始知无我方嘉境,书道循常韵自丰。
朝夕临渊机欲忘,心摹不怠悟穷通。

七

挚维元鼎炼仙丹,法汉师秦觅宝丸。
风雨任凭探穴异,曷忧峰险跨骖鸾。

八

爨鼎烟云朝暮萦,眉开灯火奋鸡鸣。
精魂风骨安能得,勿忘循来宝子情。

2017.11.14

[注]①爨,指《爨宝子碑》(小爨)和《爨龙颜碑》(大爨),合称"二爨"。是书法艺术长河里的两颗明珠。②鸿渐:鸿鹄飞翔渐渐升高貌。

登 山

山道崎岖几不平，身临险处更心惊。
凝神虑志坦然过，正自眉开气宇宏。

2017.12.6

王仲勤君令堂仙逝祭

逆风骤雪折堂萱，素帐含悲失却温。
耳畔常闻家母语，心中铭记食衣恩。
乡情淳厚敦邻里，懿范曜明荫子孙。
汗浸桑田梁栋育，树高千尺叶归根。

2017.11.24 晨

无 题

风雨半生经事苍，难忘年幼放牛羊。
遍尝人世珍馐味，哪及娘亲五谷香。

2017.12.3

岁暮感怀

明晦人生梦里尘，文词阅尽费陶钧。
无忧吐翠合华屋，尚有分辉丽锦茵。
清水交情兰桂馥，花笺敲句旦宵珍。
光阴岁暮飞蓬似，可叹流年又一轮。

2017.12.14

《鉴书赏画》迎新雅集

挥毫引蝶百花开，点染烟霞紫气来。
耆宿明轩新秀聚，琳琅满目映兰台。

2017.12.16

河岸即景

岁暮风刀劲，凋残北岸杨。
山边衔落日，河面洒银光。
摘句囊中涩，呼朋鸟作翔。
乌栖三匝树，水远棹歌长。

2017.12.17 傍晚于黄河岸边

冬 闲

昏日薄岚浮照空，苍茫万树坼寒风。
敝轩少见平常客，淡墨清茶慰我衷。

2017.12.19

冬 至

大道何言节律催，兴知否极泰终来。
六阴徐退寒方坼，二气周流暖已徊。
书诵古章心绪好，笺裁新句笔耕骀。
且珍樽酒循时序，云物常随梅许开。

2017.12.22 晨

缅怀毛主席

尧天舜日雄才仰,九域胸罗大道真。
长夜沉沉燃火种,深恩泽泽恤黎民。
江山指点千秋业,文字激扬环宇遵。
旗帜百年还更举,乾坤浩荡岁华新。

2017.12.26 晨

戏和高平生《绝句》(新韵)

[题记] 社里与余同名者,数十年唯高君耳。与其初识于当年"兰大"考场,同窗两载,同事几凡二十余年矣。君亦早申诗翰雅怀。营营编务,年事相催,华发早生。今来造访,携字迹娟秀绝句一首曰:"我自初来闻大名,社人常道两平生。君心独具书豪气,笑看东西南北风。"因戏步如后:

半百疏狂留甚名,许身编报叹平生。
抬头应羡霜松老,岁月长修颂雅风。

2017.12.28 子夜

新岁寄怀

一年滴尽莲花漏①,香蚁②盈樽拜岁除。
春态跚跚堤上柳,朝暾冉冉巷前居。
拈来诗韵增神爽,浮起梅香许宴如。
何处相知留梦醉,光阴似水旭阳舒。

2017.12.31 晨

[注] ①莲花漏,古代用水滴计时的一种器具。 ②香蚁,古代美酒的代称。

岁末游石门小镇三首

[题记]是日岁尾,暄阳碧空,朔气冽骨。应建军夫妇邀,携妻踏雪游石门。道古城而东,行四五十里,地势收紧,一沟夹于两山,皆为林莽所覆,山口牌坊曰:石门小镇。踏雪行,穿松涛,捡松塔,闻山鸟鸣。享用柴火土鸡,用闲适为一年画上句号。

雪 松

曾同蒿艾伍,岩缝扎根昂。
万木凋疏后,谁与共雪霜。

幽 谷

松涛蔽地阴,雪径踏孤禽。
野兔蹿坡暖,时听好鸟音。

客 至

山间日半暄,薪爨化炊燔。
犬吠知来客,铜壶酒正温。

2017.12.31 石门小镇即兴

高润民著《中国史前陶器》首发

[题记]丁酉岁暮,时值大寒。幸逢高君润民先生皇皇巨著《中国史前陶器》在兰首发。《中国史前陶器》是高润民先生浸淫史前文化近三十年的心血之作,呈现给读者的是一部反映距今二万年至距今四千年,延续发展了一万六千年的中国史前陶器发展史。并用二千七百多幅精美图片、二十余万文字,生动讲述了中华远古先民在距今四千年以前,捏塑烧造的陶器、发生在陶器上的故事。观览巨著,感慨系之矣。

卅年寂寂浸淫深,万载光阴一梦寻。
春动坚冰鸿鹄落,华光临照慰君心。

2018.1.2

新　程

常新岁月道天勤，不骛虚声撸袖耘。
踏上新程同美景，和风一路百花芬。

2018.1.2 元旦

迎　春

瑞雪纷飞好运开，兰花清气沁灵台。
腊梅点染盈初旭，福字彤彤喜庆来。

丁酉腊月小年

小　寒

瑞雪日前铺旷野，顽童街角笑搓丸。
山茫水瘦经三九，地冻天凝渡小寒。
香气潜来梅怒放，啾声远去雉鸣欢。
会当沉醉斜晖裏，含笑举樽看迭峦。

2018.1.5

柬戏剧理论家王正强先生

沥血呕心弹绝响，辉煌巨著炳千秋。
激情常在胸中涌，华翰还从笔底流。
恨不晖斜拴日月，携来文曲献鸿猷。
探源艺海牵牛耳，名士风骚任乐游。

2018.1.6

冬 居

嘉卉葳蕤叶，海棠开皎花。
水仙香溢蕊，文竹嫩抽芽。
腊味炉头烂，饭茶亲友夸。
胸间萦瑞气，相悦看明霞。

2018.1.7

"牡丹王"咏

[题记]王祖铭先生有"牡丹王"之誉。此间荣聘陈少梅艺术研究会终身艺术顾问。

衣钵相承引一泓，挥毫泼染量谁惊。
胸怀墨彩淋漓笔，不负花魁盛世名。
朝露精研凝卉艳，霓霞常伴举樽盈。
斜阳牧笛蹊成锦，啸傲江天弄晚晴。

2018.1.7 于宁卧庄宾馆

敬步翟万益先生《和小岚诗兄冬日抒怀》二首
（孤雁入群格）

一

芳华纷谢老枝残，直面严霜不畏寒。
耳过秋风多世故，手扪昏晓好心宽。
清辉明月皆为友，夏雨轻云好佐餐。
勿笑浮生常作梦，闲情且喜入诗班。

二

雪消冰释瑞雪残，料峭东风起倒寒。
老燕几时归宅故，新松正自觉天宽。
人生难得一知己，终究还为二八餐①？
狗苟蝇营休作态，他年憔悴慕清班。

2018.1.11 午

[注]①当年干部定量二十八斤粮，指吃皇粮。

附：翟万益和小岚诗兄《冬日抒怀》
（孤雁入群格）

一池清气傲雪残，三九凛然冒风寒。
冰室寄身骨梗傲，尘世逍遥心界宽。
兰皋梅竹好挚友，黄河涛声忘素餐。
何处一窥媚世态，消尽百花不同班。

2018.1.11 早七时

腊八日抒怀

腊粥香萦年入槛，寒浓更着厚衣袍。
晨暄化雪萌衰草，溪岸凌消起滞涛。
流水光阴归旦暮，开屏风景尽兰皋。
调和八宝祈丰岁，慢火文烟薪爨熬。

2018.1.13 戊戌腊月

什川梨园冬幽

凝寒彻骨峡江寂,夕照浮岚古树虬。
犹忆梨花繁似雪,而今枯败赋闲愁。

2018.1.14 游什川梨园

大寒吟(新韵)

山川寥落清音阻,阴盛阳生暖讯遥。
地气沉沉寒正圻,烟岚曜曜雪情高。
心涵文气神仍焕,意寄和风雁更翱。
岁月无端开万古,荣枯笑对在忧劳。

2018.1.20 大寒之晨

秦川春信

隆冬暖日照村头,犬吠鸡鸣四野幽。
锦带飘悬飞彩凤,新栽财树冀花稠。

2018.1.22

《冰壶一心田企川》出版

时轮甲子鬓霜染,洋淀[①]波涛梦里萦。
椽笔文章融陇坂,冰壶可鉴月澄明。

戊戌正月初九

[注]①洋淀,指白洋淀,系田企川先生故乡。

题徐华博士华山瑞雪图

涧深难见底,暮色雪增寒。
天界棋亭外,孤鸦几匝桓。

2018.1.28

题暮归图

小石桥边枯草卉,藤依老树伴蒹葭。
孤舟静待缘人渡,落叶萧萧绕暮鸦。

2018.2.6

题荡春图

青山隐隐流波静,芳树斜晖雁阵飞。
隔岸遥看萧瑟处,渔翁若我不思归。

戊戌正月初四

湖山同题

湖光山色醉诗豪,绿水微澜问李陶。
隐隐青峰遮不住,春江画里荡波涛。

正月初七日

戊戌立春为扶贫村写春联

轮回节律阴阳转,蛰伏还深曾未惊。
联贴千门张吉庆,雪临三陇赋年程。
迎春瑞气云涵早,入眼和光霞蔚明。
雀鸟飞呼山水醒,再酬樽酒又谋耕。

2018.2.4

郭忠之篆刻赞

[题记]戊戌春节前夕,收到郭忠之先生寄自南国的印章,甚喜!郭忠之,甘肃秦安人,蒙惠大地湾远古文明光亮,从陇上走来,以而立之年,在南国重镇广东中山,成就书法篆刻大名,兴办书法教育,桃李芬芳。忠之贤弟为余制金文玺印,结字古朴,布局灵活,分毫之间显大千,金石声里墨韵飘。

远古灵光发陇乡,种桃南苑播芬芳。
错刀毫末龙蛇显,奏石声中墨象彰。

2018.2.12

拜 年

[题记]是日戊戌正月初三,携妻女为万益师拜年咏记。

朮堂新象印章花,梅发幽香化墨葩。
再举盈樽飞逸兴,还期南亩邵平瓜。

2018.2.19

咏十二生肖

鼠

身形虽小机灵鬼，生肖排行独占魁。
搅闹三更烦扰梦，油灯高盏怎登台。

牛

命中注定许耕田，倔强天生勿敢先。
舐犊深情留大誉，犁铧过处有丰年。

虎

一声长啸山冈振，豪气吞云王者风。
百兽面前无敌手，平阳遇犬反成虫。

兔

人言狡兔藏三窟，哪晓千年捣药心。
相伴嫦娥甘寂寞，广寒宫里到如今。

龙

先民崇尚此神鳞，驾雾惊风四海巡。
吐纳乾坤行好雨，千秋万古渺真身。

蛇

无足窜行人发惧，声同蝎虺得污名。
衔珠报厚能吞象，千古流传白素贞。

马

青骢凌燕自西来，六骏声嘶究可哀。
世运再无凭马运，日行千里亦难魁。

羊

开泰三羊寓吉祥，五羊衔穗有膏粱。
肉鲜毛暖浑身宝，跪乳深恩万古扬。

猴

亲沾人类属同目，进化千秋岁月长。
火眼金睛驱鬼怪，世间传颂美猴王。

鸡

家禽驯化八千年，冠盖如霞似火燃。
下蛋司晨兼镇宅，奈何好斗有名传。

狗

本是灰狼驯化先，知恩图报效忠前。
闻官发达称神异，不古人心屡抛砖。

猪

顺受逆来无可比，肥头大耳显呆萌。
逍遥福禄生无事，家祭自来推此牲。

2018.2.20 正月初五

春　意

温软东风且自聊，几时梦里步蓝桥①。
无踪鸿信诗心叩，有动人情丝雨招。
休忆云天丹凤影，常虞海岳②碧梧腰③。
归来酒后睡还醒，满目芳菲醉意消。

2018.2.28 晨

［注］①蓝桥，传古时有情人相会处。②海岳，倪云林别号。③碧梧腰，指云林性洁癖，常使仆洗苑中梧桐树，久洗树枯。

元宵夜

烟花缥缈月初圆,映照黄河千古弦。
梦里清音谁拨弄,东流水奏共婵娟。

2018.3.12

观友游春图戏题

翠幕轻岚时近午,风摇岸柳好晴天。
水轮徐缓吞流水,沙渚攸柔泊小船。
高树巢悬闻鹊噪,浅塘泥淖尽蛙眠。
一枝独出含苞待,何必虚心向竹前。

2018.3.10

观李秀峰先生作画

桃李无言自有蹊,追花逐秀蝶蜂迷。
峰高千嶂云霞蔚,牛耳灵毫闻鸟啼。

2018.3.11

春　梦

春梦春风里,几时敷嫩黄。
枝头喃紫燕,高处觉温凉。

2018.3.14 于河滨

荣宝轩春夜

［题记］时刘彦水先生画展于荣宝轩隆重举办。

飘渺水声融月色，流光溢彩映苔峣。
金桥挟浪黄河静，莽树连云白塔娆。
花语缤纷生艺陌，宝轩清乐奏钟韶①。
春山一抹堪披览，四野风翻浩荡潮。

2018.3.17 夜

［注］①钟韶，钟篪、韶乐，代指传统与古典之美。

龙抬头

梦醒晨风梳我发，人言今日举龙头。
夜来疏雨浮尘洗，喜见黄莺枝上啾。

2018.3.18

春日忆旧游

树绕堤沙苇满汀，繁花曲径短长亭。
仰观云幕徐徐卷，烟柳清明雨打萍。

2018.3.19

春　分

夜半分春风雨泣，桃花得便自争先。
天涯草卉何能待，燕子催开处处烟。

2018.3.21

北京十渡访画家刘忠信先生

[题记]余与画家刘君忠信先生交,垂十有年矣。先生于京西十渡大峡谷六渡宽阔处,依山造庐,号信雅斋。每躬耕种植,瓜果菜蔬,鸡鸭鱼鹅,孔雀百灵,雪獒狼犬,皆亲手耕饲。席上珍味,红烧清蒸,咸腌凉拌,炮制琼浆,自出天然。有客远来,夫妇欣然,老友新朋,必盛情以待!馔玉美馐,山珍海味,名茶佳酿,尝尽数罗列。戊戌孟春,余偕数友再访先生。老友相对饮,欣喜尽余杯。临轩眺望,烟岚四合,杂花生树,犬吠鸟鸣,一派田园风光。于是饮而忘忧,咏而记趣,人生快意,夫复何求。

十渡自来山水秀,云光岚气复朝霞。
池清鱼跃修篁映,栏固獒攀红杏斜。
争斗雉鸡依老树,含苞兰桂放馨花。
田园点翠平畦秀,垄上开花硕果夸。
嘉木繁阴妆别墅,清辉明月胜仙家。
重逢老友对樽酒,欢悦主人捧碗茶。
笔下松梅神韵妙,座中佳士亦常嗟。
还追古道肝肠热,共仰蟠盘信有涯。
缱绻常怀云水志,丹青定育邵平瓜。

2018.3.27 于京华

北京前门西河沿群鸦图

旭晖临照人初醒,但见群鸦老树栖。
聒噪声繁传陋巷,心猜可是为春迷。

2018.4.1

鹊巢吟

[题记]余曾因事赴京下榻人民大会堂宾馆,朝北仅隔一条小街,就是庄严肃穆的人民大会堂南门。让我感到神密而奇特的,是窗下小街一侧长得很高的一棵槐树,在高高的尚未萌发的树梢,十分显眼地垒着一个喜鹊窝,不大不小。每一个清晨,天光开始放亮,从房间便能听见奏国歌的声音,声音是从不远处的天安门广场上传来的,清晰而让人激动。每当这时,我掀开厚实的窗帘,但见三两只喜鹊,于树梢盘旋,或于窝边嬉戏聒噪。喜鹊和鹊窝、树、楼宇及地面岗哨、上班的人,构成一幅和谐宁静的画图。

九重绛阙鹊迎曦,尽得高枝独占之。
日出花开关底事,王侯千古有谁知。

春日铜城寄兴

月　圆

明月如轮映素辉,天涯何处觅芳菲。
烟花纷落玉颜姣,燕瘦环肥自在飞。

廊　桥

快马轻尘入水川,桥浮绮梦好风牵。
残塘深处芦芽短,枯叶收心静似禅。

水之湄

风轻日暖柳芽新,陌上徐行步带尘。
飞上巢高鸦聒噪,吊成包坠树生银。
兰花列圃曾迷眼,红柿盈园欲入唇。
在水之湄谁最乐,湖光潋滟走游鳞。

2018.4.3

戊戌清明三首

一

西犯狂飙飞鸟愁,弥天沙暴覆神州。
本该细雨润春色,嫩薄初开竟至蹂。

二

黄尘掠过万花灰,无力日光掩雾埃。
姹紫嫣红皆失色,天公何怒掷狞雷。

三

欣喜漫空花霰舞,乾坤一洗复晴明。
霾尘荡净春红露,雪裹嫩黄妆玉琼。

2018.4.6 晨

陇东道中

梁峁生辉晴昊朗,春风又染柳枝新。
杏花开罢梨花赶,嫩翠新裁色未匀。

2018.4.18 赴宁县扶贫点途中

夜访窑洞人家

窑老崖高险,疏林挂月迟。
灶台连火炕,碗筷见厨炊。
拜访黄昏后,嘘寒夜寂时。
务工儿媳去,留守丈人慈。
临别依依语,殷殷不忍离。

2018.4.18 夜于瓦窑村农舍炕头

蒲公英赞

藜蒿同伴与，根扎土泥中。
叶翠含清苦，花黄举伞穹。
如今稀野味，曾立救荒功。
寄梦天涯远，蒲团作转篷。

       2018.4.19 于瓦窑村

山　村

雨送泥腥味，风翻垄上茵。
苗芽萌欲秀，清露覆荆榛。

       2018.4.19 于瓦窑村

午间即兴

下地归来正午天，野蔬杂面胜珍筵。
村头喇叭秦腔吼，茂树随风舞过川。

       2018.4.19 午于瓦窑村

春日偶兴

好梦春宵醒复睡，何曾一刻值千金。
微圈点粉朋常遇，镜里看花句偶擒。
故旧音书还未绝，山林兴味尚能斟。
临轩仰望皋兰翠，约伴踏青听鸟吟。

       2018.4.20

题王世刚石门冰图

时序已然春暮天，冰痕未化蛰蛙眠。
燠炎三伏如来此，消夏闲吟果赛仙。

2018.4.21

戊戌谷雨吟

原上川前农事稠，嫩黄点翠陇山头。
鹧鸪声里红纷谢，柳絮杨花心绪愁。

2018.4.20

问甓堂观古砖传拓

［题记］书友刘伟君，于古城东置书斋，号曰问甓堂。戊戌清明后一日，雨雪荡涤沙暴尘埃，玉宇复现澄明，刘伟君邀数友，品佳茗，赏汉晋古砖，观童定家先生拓一方晋砖古砚，心有所会，以诗记矣。

故郡东郊问甓堂，古砖千载有沧桑。
毡椎题跋熟宣素，传拓流风韵味长。

岁次戊戌清明后一日补于问甓堂

"问道江南"周年

［题记］孙璘先生荣登当代百家印展，恰为"问道江南"翟万益书法（无锡）展周年。

三月樱花春已暮，太湖犹忆鳜鱼肥。
江南问道蒙情厚，一朵花红映翠微。

2018.4.27

题杨兆晖人物画二首

[题记]戊戌孟春,余作京华游,于琉璃厂某画廊橱窗,见两幅人物画,颇为精妙,因有此小诗以记。查画家杨兆晖,1961年生,北京书法家协会会员,文华阁书画院高级画师,东方艺术研究院客座教授。

一

旧袄难遮往日华,孤行凄苦路无涯。
王公堂燕投林野,离落风尘委晚沙。

二

风雅何曾出笔头,丹青引凤在心修。
凡胎换骨融禅境,总见渊鱼自在游。

2018.5.4

处 暑

雨洗高天暑气穷,轻罗将脱虎[①]回笼。
秋声隐隐衔枚动,雁字文章杀草虫。

[注]①虎,指秋老虎。

汶川十年祭

十年遥祭忆时艰,刻骨铭心不可删。
泪雨潜潜泥垢荡,旭临羌寨换新颜。

2018.5.12

戊戌小满

陇头小满尽葳蕤，蜂蝶恋花我觅诗。
细路藏山红谢久，高楼映日绿肥迟。
含情夜雨篱难隔，弄蕊晓晖心有知。
婉转莺声圆的溜，风翻麦浪动前陂。

2018.5.20 小满前夕

天下张氏颂

张氏华夏生，繁盛五千春①。
百家排三位，子息亿兆鳞②。
矢弓初祖造，网罟帝孙挥。
黄帝一脉系，青阳五子威③。
西周铜铭迹，战国印玺彰④。
伯仲佐周兴，孝友永流芳⑤。
刘汉开基业，张子辅佐贤⑥。
雄猛飞握管⑦，穷源出使骞⑧。
灵芝生广漠，草韵传遗歆⑨。
万选⑩两京赋⑪，千秋百忍箴⑫。
三杯草圣传，一笔长史悬⑬。
上河清明誉，丹青正道巅⑭。
往圣子厚继，绝学横渠栽。
天地生民立，太平万世开⑮。
根深槐古茂，枝展绿新洲⑯。
香益弥清远，生生永不休。

2018.5.21 小满

[注]①张姓的出现，在远古传说时代，约有五千年历史。
②2007年，公安部治安管理局对中国户籍人口的统计分析显示，张姓人口数量

在中国姓氏中排在第三位,共有八千七百五十余万人,占中国人口总数的百分之七。

③张挥相传是张姓的得姓始祖,但张挥与黄帝的关系则有两种不同的说法。一种说法认为张挥是黄帝之子,另一说则认为他是黄帝之子少昊青阳氏之子,即张挥为黄帝之孙。《元和姓纂》《古今姓氏书辨证》《姓氏急就篇》《新唐书·宰相世系表》等有关姓氏学的史籍记载虽稍有出入,但都主张挥为黄帝之孙说,其称:张氏出自姬姓,黄帝子少昊青阳氏第五子挥为弓正,始造弓矢,实张罗以取禽兽,主祀弧星,世掌其职,赐姓张氏。

④西周青铜器铭、战国印玺中有张姓。

⑤西周青铜器铭有张伯、张仲,他们是西周的贵族,以孝友称颂。张仲辅佐周宣王,使西周得以中兴。

⑥张良辅佐刘邦成就帝业。

⑦三国蜀将张飞还留下书法遗迹。

⑧西汉张骞出使西域。

⑨张芝,东汉书法家,世称草圣,敦煌郡(今甘肃酒泉)人。

⑩张鷟,唐代名人,著有《万选青钱》。

⑪张衡(78—139),东汉科学家、文学家、辞赋家,著《二京赋》(即《西京赋》与《东京赋》)。

⑫唐朝宰相张九龄《千秋金鉴》作为治国铭言;唐代张公艺有"百忍传家"美誉,九世同堂,唐高宗旌为义门。

⑬唐代书法家张旭,尊为草圣,官至长史。

⑭北宋张择端作《清明上河图》。

⑮北宋张载,世称横渠先生,有"为天地立心,为生民立命,为往圣继绝学,为万世开太平"豪言。

⑯明初张氏自山西洪洞"大槐树"迁徙大江南北,愈益繁盛。

咏张掖丹霞

谁人持巨笔,祁岭焕烟霞。
造化天然出,神工世所嗟。
千秋铺画幅,七彩染云涯。
古道传新誉,咸来远客夸。

2018.6.10

步王传明先生《大河吟》

气势奔腾永向洋，炎黄血脉自偾张。
穿云破雾重峦越，砺石惊雷万鹤翔。
将对从容传喜讯，忍看颠簸话沧桑。
莫为贤圣如斯叹，风正帆悬通舟航。

2018.6.10

附：王传明先生《大河吟》

万里逶迤向海洋，雪涛奔泻四维张。
玉姿若母儿孙夥，金鲤成龙云汉翔。
朝代兴亡嗟草木，田园滋润艺麻桑。
临流莫作如斯叹，喜看千帆正竞航！

初夏晴午雅聚获老友赠新著

长天日盛时当午，旧雨诗朋相与逢。
戏谑笑谈开胃口，嘉言兴会沐春风。
晶樽频碰珍醪绿，玉碟丰陈果馔红。
端拱冥心收雅赋[①]，大河晴澜化新鸿[②]。

2018.6.12

[注]①尚墨先生赠其新著《端拱冥心》。②宗孝祖先生赠其新著《大河晴澜》。"澜"出律，不改。

榆中麻家寺石门记游

南望翠微屏障列，田陂横越古城东。
风来树动波涛绿，云去山空夏日红。
童幼欢歌喧碧草，蝶蜂飞舞戏芳丛。
踏青曲径游携侣，惬意花荫潇散翁。

2018.6.17 于石门

端午感怀

离骚万古为谁冤，百代词穷何足论。
户户门前悬艾柳，几人知是悼诗魂？

2018.6.18

谒黄河母亲雕像三首

一

万里西来排巨浪，岩崖磨砺山川开。
回环九曲滔滔势，哺乳神州根脉来。

二

洪流九域心胸壮，澎湃泓泓漪梦长。
抱定初心不屈志，沧桑万古染黄裳。

三

幻化灵岩魂魄注，泥沙淘浸现慈颜。
神州儿女母亲育，岁月沧桑不等闲。

2018.6.18

夏至日

大道无声运转球，此圈最近太阳头。
要知阳盛生阴理，陌上蜩鸣木叶稠。

2018.6.21 夏至

游临洮千姿岗

南屏林莽起涂滩，碧水回环生锦湍。
杏李涨红鸣树翠，竹松射绿断崖丹。
华筵箸举开怀饮，染翰毫挥争睹看。
潋滟湖光浮倒影，风荷落蕊一凭栏。

2018.6.26 于临洮

临洮怀古

疏花得雨着人香，洮水汤汤故地桑。
话却貂蝉千载寂，难留春意起彷徨。

洮河岸上

深林霭暗雨丝丝，菡萏香浓万木蕤。
如此山川风物好，诗情总在煮茶时。

千姿岗寄兴

芳林遛逗日西斜，古树青苔散野花。
风动碧湖星月荡，悠悠白鸟落平沙。

2018.6.26 于临洮

游兴隆山至喜松亭①

石磴蜿蜒起翠烟，三围古木势参天。
张公此建观松阁，满目青杉在眼前。

［注］①张治中将军1942年游兴隆山，建喜松亭于东山腰。

兴隆东山巨杉

巨杉千尺端非直，大树身边几不毛。
尚曲忌全遵大道，眸开万壑壮胸豪。

兴隆山记游

岩峦滴翠两峰齐，万木招摇一径迷，
石磴欲攀苍海上，玉台纵览野云低。
泉鸣涧户湍灵液，桥曲禅关卧彩霓。
巾杖同游穷胜景，归鞍不觉日沉西。

2018.6.28

过乌鞘岭（新韵）

仰望马牙常隐嶙①，千峰积雪映寰尘。
身经万古丝绸路，头顶重霄日月轮。
风疾无非摧白草，晖斜更倩挽黄昏。
英豪百代从兹过，大道西来柳色新。

2018.7.1

［注］①马牙，即马牙雪山，是祁连山脉东段奇异险峰。

武威普康生态园即景（新韵）

普康巨苑城西野，葱翠生烟走恐龙。
日照雏菊金浪涌，风吹鞭草紫妆容。
陶钧酿酒云霞裛，歌舞烹羊笼爨蒸。
几点星衡归已醉，一堆篝火夜空明。

2018.7.2

西营峡即景

南望祁峰起重峦，西营峡陡水生寒。
平畦草压胁苗矮，深谷浪翻冲石漰。
一抹白杨村舍掩，环岑碧昊晚霞漫。
板桥索细心悬吊，归暮牛羊走滚丸。

2018.7.2

西营峡夜雨吟

[题记] 西营峡位于甘肃省武威市境内祁连山峡谷中，开发有温泉酒店。余下榻时，适夜来雨至，雨幕与河涛交织，霓彩共波光旖旎，更有温泉之水濯足洗尘，诗情油生。遂起而记之矣。

云遮雾裹气森森，暮色连窗霓彩侵。
夜雨空蒙妨客旅，晨风浩荡诱鸣禽。
依栏濯足神泉水，落枕清心上善音。
同伴兴高无睡意，深宵蹈舞恣沉吟。

2018.7.2

天祝岔口驿写生基地（新韵）

碧嶂烟岚锁秀龙，打柴沟阔放新荣。
杨林掩映文光射，屋宇连排艺苑闳。
莫羡临渊鱼自在，径须挥管韵时丰。
牧歌银碗青稞酒，雾散云开现彩虹。

2018.7.3

鸠摩罗什寺

霎时日出祥光照，塔转云徊鸣铎銮。
方丈堂前聆示教，参禅悟道为心安。

2018.7.3

乡 谊

[题记]戊戌孟夏，毛选选先生自京来，出版家兼诗人范海成约故友乡谊小聚。

微风细雨湿流光，故友新朋话热凉。
茶酒诗书生趣满，荠藜瓜豆亦舒肠。

2018.7.8

读《史记》哀商君

徙木立诚行峻法，秦强未负卫鞅才。
严刑苛政难终善，五马分尸千古哀。

2018.7.8

再访瓦窑村

黄土塬头山色好，薄纱缥缈雾初晴。
崖边蓑草如堆絮，湾里嘉禾尽作缨。
矮树生花瓜果硕，平渠流水鸟声轻。
长吟陶令归园赋，头顶星辰戴月耕。

2018.7.12

松鸣岩^①寄兴

蜿蜒远岫托高岑，放马平滩逐草深。
叩拜崔嵬朝圣座，匆来澄澈洗尘心。
摩天岭翠擎松矗，滴水崖危飨阁歆^②。
岩顶栖云无碍路，禅林悬月起仙音。

2018.7.12 和政

[注] ①松鸣岩是河州八景之一，位于和政县城南陡石关口。每当风起，松涛大作，如擂战鼓，似马奔腾而得名。②歆，作动词。飨，嗅闻。祭祀时鬼神享受祭品的香气。

孟夏夜宿太子山林场

苍苍莽莽冷云侵，飞瀑流潭百丈深。
岫壑惊风嘶万马，杂花摇影走孤禽。
放眸山外朝新日，信步林中忘古今。
喜得清流尘垢洗，云霞常伴弄琴吟。

2018.7 于和政

和政古动物化石博物馆（新韵）

亿万时光真瞬间，冰川罗纪变桑田。
才惊犀象躯沉寂，仿若原羊①梦里眠。
横列玉尸排篆籀②，销熔白垩③舞龙翩。
应知生命非神造，进化遵循演自然。

[注]①原羊，指和政羊化石。②鸟兽等动物瞬间凝固的画面，保持了飞翔或奔跑的动态。累累化石排列有如古老甲骨篆籀。③白垩，石灰岩的一种，主要成分是碳酸钙，是由古生物的残骸积聚形成的。

三岔沟垛垛湾民俗表演

千缸绿染翠含烟，万顷波涛美若嬛。
丝竹高歌松壑动，花儿小令豆藤牵。
掌推太极云中影，笔走龙蛇心上弦。
争摄快门嚓咔响，长留此境草庐缘。

2018.7 和政

花海之晨三首

一

紫翠嫩黄神手染，凝珠结露沐朝暾。
翩翩彩蝶嬉芳蕊，忙碌工蜂酿蜜言。

二

蛇鞭花紫菜花黄，五色鲁冰争彩妆。
羡慕园丁歌欲放，朝朝愿作护花郎。

三

杂陈九色竞芳菲，碧树苍山抹翠微。
化作蝶蜂晨夕伴，醉迷花事浑忘归。

2018.7.13

三岔沟垛垛湾风光

山原欲染风犹绿，岭上云生白絮堆。
万朵花开裁锦绣，双双对对蝶飞来。

2018.7 和政

和政梨园农家

茅庐竹舍掩柴扉，绿盖梨园畦菜肥。
蝶戏蜂忙农事夥，堂前檐下燕飞飞。

2018.7.13 午和政

题澳籍华人画家刘开业画速写

轻援炭笔轻描画，素影光华映焕然。
不染丹青神采出，牵花妙手弄婵娟。

2018.7.20 日晚

兰山晴岚

昨夜山城淫度雨,沉沉暑气笼罗衣。
悠扬好梦终何有,寥落残花觅却微。
旭带烟岚林壑隐,风摇木叶露珠晞。
登高坐瞰云腾海,河浪滔淹旧钓矶。

2018.7.21 晨于兰山

夏夜涛声

月上东山流韵泻,婆娑岸柳动柔丝。
蛙声却被涛声掩,诗意难同心意随。
惊异夜空星簇闪,犹疑高处有人持。
大河波涌如斯去,千载沉潜神思驰。

2018.7.28

感王晨为二爨堂题匾

宝匾高悬瑞气升,金楠石绿德恩承。
融凝册籍汲淳露,磨砺丹心履薄冰。
志在鹏程欣既振,胸怀山水乐临登。
庸庸岂作寒温计,继晷焚膏夜半灯。

2018.夏

忆张庆黎题签

陇月平湖①相映明,天山雪域见忠诚。
政声甘鲁人离后,经略藏疆玉汝成。
苍首秉持基筑固,丹心爱育泽澄泓。
题签②犹旱逢时雨,仰望紫微怀至情。

2018年夏

[注]①平湖,即山东省东平县东平湖,代指张庆黎故乡。②题签,指为《张平生书法作品选》题签。

暑天闲居

帷纱无力暑难围,小扇书斋汗亦挥。
坐享清茶临二爨①,闲听古乐赏三希②。
心肠温热牙床豁,意态疏狂好友微。
最爱逍遥看落日,青山依旧晚霞归。

2018.7.31

[注]①二爨,指《爨宝子碑》和《爨龙颜碑》,合称"二爨碑"。②三希,即王羲之的《快雪时晴帖》、王献之的《中秋帖》和王珣的《伯远帖》,统称"三希堂法帖"。

咏 竹

好雨三春醉,新篁越过墙。
遮荫输岸柳,作栋逊榆桑。
不忌蒿蓬伍,甘为草卉妨。
岁寒严酷日,谁与共冰霜。

2018.8.4晨

秋声赋

昨夜金风轻薄幸，檐牙雨滴梦魂萦。
荼蘼花谢蛩声软，雁阵寒惊塞雪轻。
烧历暑温移虎伏，负蝉玉露应虫鸣。
窗前减绿情难却，霜冷山原寻紫荆。

2018.8.8 戊戌立秋翌日

"书法功臣"马积森赞①

黟然雪白转成翁，寸寸肝肠托胆雄。
汗水殷勤桃李育，心潮逐浪墨煤通。
书名未逊雷声远，神韵真如剑气虹。
且喜黄昏含晚籁，舒胸最是晋唐风。

2018.8.18

[注]①马积森，系靖远煤业有限公司工会原副主席。中国书法家协会会员，甘肃省书法家协会理事，中国煤矿书法家协会理事。为矿区培养书画艺术人才、推动矿区文化的发展、促进矿区的社会安定团结和精神文明建设做出了杰出贡献。中国书法家协会副主席翟万益题写颁授其"书法功臣"匾额，中国煤矿书协授予其"中国煤矿书法乌金奖"称号。

吴川淮、贺云伉俪书画展

男耕女织神仙侣①，天籁人和传好音。
小画微文推大手，新裁古境见恒心。
杯盘草草空灵梦，花叶芊芊自在禽。
信是毫催锋下鬼，通脾香漫对秋蟫②。

2018.8.19

[注]①男耕女织，喻其夫妻之诗文书画事。②蟫(yín)，书虫。

赠答车帝麟先生

[题记]车帝麟先生为余刻印章两枚,自是欣喜!车帝麟先生系知名青年书法篆刻家,中国书法网坛主,《车行天下》网络书法新闻专栏策划人。博通六书,娴熟书史,广见博闻,篆以学养,印以篆基,均自成体系,论者誉其篆刻为"帝篆"。余观其篆书,结体古雅,颇得柳叶之象,其书房故称"柳叶斋"。

车行天下转辚辚,不惜金针常度人。
柳叶新裁缘道悟,裁成篆凤与祥麟。

2018.8.28

再答车帝麟先生

[题记]复收到车帝麟先生寄自南国的快递,欣喜打开,有印章二方,作品集薄厚二册,陪衬精雅对联一副。

顺风千里递南来,雅意深情欣喜开。
刀走阴阳金石镂,书为薄厚墨联陪。
艺坛帝篆高标树,柳叶新裁亦占魁。
雁起玉环①云共水,霞飞潮涨出珍赅。

2018.8.31

[注]①玉环,车帝麟先生出生于浙江台州玉环市。

南山雨霁

向晚云天山势嵬,四围烟雨合重开。
雾缠陂野风缠树,红染花枝绿染陔。
余独登高频眺望,鸽群旋落几徘徊。
秋来寸草竭微籽,所愧寻诗常乏才。

2018.9.2

戊戌白露

金风玉露蝉声冷，花谢香飞似梦中。
过眼荣枯何驻足，谁怜一叶醉微红。

2018.9.8

天庆博物馆藏赵孟頫《心经》

[题记]天庆博物馆以1.909亿元从北京保利拍得赵孟頫（号松雪道人）行书《心经》册页，这件稀世珍品可望永久落户兰州。

松雪精神百代倾，心经一卷仰高明。
光风霁月同淳露，沧海明珠共玉鲸。
艺事万千鱼素寄，身家亿九横豪惊。
还祈永别流离日，观赏合当在此城。

2018.9.19

东乡董岭四首

[题记]陇中腹地，黄河洮水间，一山凸起，绵延百多里，是为东乡族聚居之东乡自治县。过永靖，或由唐汪上山，山岭蜿蜒，山路盘桓；陂田挂坡，草木稀疏，车轮过处，卷起黄尘。余每至此，望深壑旷岭，感苦瘠之甚，每心生畏悸。

丙申、戊戌仲秋，应马晓峰先生邀，两度驱车上董岭，入农庄，感受到别样的东乡风情。接待我们的黄先生是个质朴厚道的回族汉子，今年刚六十，当年马晓峰先生在东乡县委书记任上，任用黄当过县水利局长，颇有政绩。时过二十多年，黄已然退休，盛邀同样已退休的马晓峰先生作客，以表达许久以来的感激。政声人去后，不由让人感佩啊。因作小诗以记之耳。

政　声

当信政声人去后，廿余载后有余音。
谁能百姓事当己，不负清名自在心。

农 事

秋来董岭草头苍,寺顶生辉牙月光。
一抹苞秆留翠色,掩头农妇地中忙。

拾 梨

村中庭院真宽阔,十亩梨园啤特香。
远客持竿嬉果落,树深梨老叶多黄。

村 趣

塬头村小几新屋,突突机声砖木筑。
田畔及笄劳作女,鹨鸪将诱笼中蓄①。

2018.10.6 于东乡董岭赵家村

［注］①此地农人有训鹨鸪之习,春季捕雌性幼鸟,喂食蚂蚱等,待秋冬,罗置于沟壑地边,引诱好斗雄鹨鸪啄斗,或与雌性鹨鸪交配而捕获。性成熟后的雄鹨鸪,在繁殖季节,常因争夺母鹨鸪而发生激烈的啄斗,直到头破血流。

黄先生农家筵（新韵）

茶果珍馐列肆筵,庖厨蒸烩馏烹煎。
糖包花卷笑开口,油馓冰抓诱欲馋。
老大碗盛长面细,尕鸡娃爆嫩椒鲜。
盘桓竟日辞还挽,恣意欢颜话永年。

2018.10.6 于东乡

《包海燕书法集》出版

书林漫道际无涯,迷醉晨昏焕彩霞。
商鼎吉金连甲篆,米癫羲圣驻骝骅。
琴轩墨润羊毫软,砚海月明梅影斜。
冰室殷殷培浩气,青云何处化丹砂。

2018.10.12

读林语堂著《苏东坡传》

皇皇朴茂载微澜,如戏人生翰墨观。
长恨忠良遭算计,从来奸宄弊金銮。
清辉把酒青天问,破灶空庖肝胆寒。
素洁梨花桃李妒,莫非大任必磨难。

2018.10

偕数同窗邀唐老师聚饮

[题记]戊戌寒露后五日,余等数位同窗,小聚于绿云田舍,为游历欧洲归来的唐老师接风。庭园之菊,经秋露而橙黄;座中之人,历风尘而鬓霜。茶酽情浓,醇厚心暖。先生畅叙域外观感,相得欢甚。

旧雨新朋聚恨迟,酣邀星月快如斯。
纵横捭阖通时弊,左右谈缘语灼知。
一瓮醍醐非未醉,两坛再启总相宜。
会须畅饮开怀笑,难测天机尽蹙眉。

2018.10.13

戊戌重阳冰室诸弟子敬师

[题记]岁往月来，忽复九月九日。古人将这一天定为"九九重阳"。是日，雁风微行，淡云映碧，菊傲秋阳；仰观吐曜，俯察含章。冰室诸弟子聚于兰皋，敬先生以重阳佳醪。虽未登高赏菊、抒啸散怀，却有感怀恩师传道授业解惑虔敬之心耳。

何赖诗魔昏晓侵，情融翰墨作沉喑。
毫挥狼紫临霜写，口诵苏辛沽月吟。
秦汉苍茫培浩气，晋唐超逸寄秋心。
薄寒欺嫩迎朝日，千古高风托素音。

2018.10.17 子夜

戊戌霜降

谁涂万木岭头妍，霜打芙蓉独自怜。
已觉衾单知旧令，吟成露重促新眠。
纷飞叶落秋丰谢，激荡诗情雁阵牵。
何用篱边寻菊趣，故园梦里好耕田。

2018.10.21

王泽起先生艺术人生（新韵）

汲汲非愿惯炎凉，久有声名早显扬。
琴倚旧窗弹恨水[①]，梅开新蕊待严霜。
画风简淡追八大，书韵清奇慕二王。
取字子虚操雪调，松烟入梦豁风堂[②]。

2018.10.22

[注]①恨水，出自金代元好问《临江仙·自洛阳往孟津道中作》"人生长恨水长东"句，伤时光流逝。②王泽起先生，字子虚，斋号松风堂。

访枕石山房

[题记]薛虎峻先生浸淫金石书画凡二十余载,澹泊自守,造于高明。远阓市尘廛,居枕石山房,乐丹青以怡情,镂金石而不倦。于金吉简帖,无不精工;山水花鸟,自成高格。戊戌之秋,访于城北绿洲美居,得其所赠《书画印丙申小辑》,展读数过,精致古雅、温润冲和之气息扑面而至,堪称"剞劂高手"。戊戌之秋草成,庚子初冬改定。

绿洲嘉树翠鬟裁,竹掩清幽无芥埃。
石枕①常持三寸铁②,孤山犹忆一枝梅③。
吉金简册烟云出,蔬笋藤萝蜂蝶徊。
何处香风吹入户,工描泼彩报春来。

[注]①石枕,主人斋号枕石山房。②三寸铁,指篆刻刀。③孤山,西泠印社所在地,自古以梅著称,薛虎峻先生为该社社员。

夜闻兰州南入口惨烈车祸

[题记]昨夜有货车失控,酿成兰州南入口惨烈车祸。多少家庭伤痛无寐!寒云密布人心,天公突降大雪。白雪压凋树,似魂幡。因思前番渝州公交惨祸,人祸乎?车祸乎?

将进家门入鬼门,无辜性命壳轮吞。
微屏传讯人难寐,寒夜追魂雪作幡。

2018.11.4 晨

青玉案·河边看冬

冬晖晚醒羞羞面,又霾厚,迟迟见。萧索河边思绪乱。洮河冻结,空山风喘,冰下流珠溅。　　一年期冀年终倦,踽踽无言怎排遣。去问蝶儿难了愿。盼燕来早,伺春回暖,枝上听莺啭。

戊戌冬至翌日于洮河边

戊戌初冬临夏行

[题记] 戊戌冬至次日,黄兴和、张楠自京抵甘,邀余陪至临夏考察音乐教育。因前日初雪尚未消尽,兰州至临夏道中,山塬白雪与道边柳树相映,颇有画境。临夏古称河州,民族风情浓郁。朋友盛筵款待,席间张楠先生用银笛吹奏《春江花月夜》等名曲,满座惊叹。

山头积雪落斜晖,柳色依依作翠微。
礼拜诵经号帽戴,钗裙过市娇纱围。
觥筹交错颜容喜,盘列珍馐羊肉肥。
一曲笛声惊满座,霓光辉映伴霞绯。

2018.11.8

浣溪沙·先生深夜授业感赋

跋涉书山兴味长,夜来传道解彷徨。依稀黑夜举星煌。　　照耀前途追甲鼎,察明时弊嘱行藏。云开雾散见天光。

2018.11.16

戊戌初冬西安行

[题记]戊戌初冬,受业师翟万益先生委托赴西北工业大学,为书法班代理授课。

下榻正禾宾馆

陇阪重山驰动车,轻松即至尚温茶。
秦川历历笼烟树,渭水悠悠映晚霞。
工大校园融夜色,正禾宾馆暖如家。
且将心事敲成句,诗在枝头已发芽。

2018.11.23 晚于西安

终南山远望二首

一

长安城外蹴南望,霾隐终南日色昏。
云表冥冥无雁阵,可怜别墅化残垣。

二

如纱霾雾终南掩,不见真颜似怕羞。
欲颂圣明除弊事,长安日暮使人愁。

2018.11.24

客长安冬夜兼步先生《无题》

雾霾沉重隐寒星,远望终南暮色暝。
闾户巷深弦泪泣,城壕水凝叶伶仃。
幸翻拓片香书案,总忆师言点昧庭。
梦里楼台华若锦,天涯蹇客类浮萍。

2018.11.25

附：翟万益先生《无题》

天寒地冻冷残星，河声横彻情难瞑。
长风远至时如泣，薄衾深夜苦伶仃。
未明披衣亲书案，忽见玉兔过天庭。
银河无语素若锦，我生颠簸似浮萍。

2018.11.25.06:20 京

谒西安碑林

千古碑林千古传，滋红润绿仰峰巅。
韵流华夏根弥壮，魂注文渊河自悬。
石铸风神多洗礼，气凌牛斗几超然。
龙蛇仪态冲霄汉，梦里合当临醴泉①。

2018.11.24 于西安

[注]①醴泉，指碑林中的经典碑刻。《尔雅·释天》言："甘雨时降，万物以嘉，谓之醴泉。"故也指甘雨，及时雨。

月夜感怀

一轮明月撒清寒，四野西风曳梦澜。
问尔蟾宫忧冷暖，尘寰安得少艰难？

2018.11.25 夜

访徐华博士获赠花鸟画

丹青生黛翠,藤蔓动无尘。
叶润蝉鸣意,花开蝶有神。
胸中藏锦绣,笔下妙群伦。
翰墨含深义,春风故友真。

2018.11.26 西安古城

陕西国画院印象

龙首源头龙脉系,牌楼隐逸日空明。
修簧风动传高韵,孔雀屏开颂雅声。
山水长安尊祖绪,文章流变出群英。
终南捷径终何有,不改初心砥砺行。

2018.11.27 晨于西安

刘家峡大坝初冬晨兴

晨岚凝冽锁前川,老树婆娑自泰然。
水浅岸高封雾舸,星寒月隐冻云天。
挥融湖影橘装①扫,探底鲤渊游客牵。
伏虎牵龙雷电转,无多往事尽言传。

2018.12.1 游永靖刘家峡大坝

[注]①橘装,指环卫工人。

鹧鸪天·冬晨寄兴

寒圻山原草木殇，晨来万树挂冰霜。野鹅弋水封河阻，雀鸟蛰巢阡陌茫。　　千事寂，百声藏。穿唐越汉过秦冈。峄山如黛烟波起，泰岱巍峨朔雪狂。

2018 年 12 月 4 日晨

兰州水车园（新韵）

黄河浩渺过金关，杨柳沙堤壮景观。
流击双轮天地转，虹提斗水月星间。
回旋宵旦承盘露，吞吐云霞凝素湍。
百代沧桑铭巨变，朝晖夕景涌惊澜。

2018.12.6

采桑子·幸会"二庐"

[题记] 戊戌大雪后三日，青年篆刻家王成先生为余制"豆印"三方。适书法文化学者、篆刻家刘国峰先生自川莅兰授徒。遂邀聚于凤栖梧茶楼，邀数位兄弟作陪。王成先生别署芥庐，国峰先生号哑庐，余斋号"二爨堂"。"二爨"幸会"二庐"，听诸先生妙论，遂有此小令。

青衫难掩书香染，修炼成璋，腕底留香，撷取芬芳入画堂。
兰皋煮酒怡然乐，淳厚绵长，风雅无张，闲刻青田作豆章。

2018.12.11 晨

赴临洮观颜悦东书法展①

六旬已破七旬催,霜鬓苍颜疏镜台。
意气书生轻托负,风尘翰墨妙钧裁。
摹碑临帖盘桓久,入晋出唐归去来。
百代颜门谁可语,书坛长啸拂云开。

2018.12.23

[注]①颜悦东,字柳泉,祖籍山东曲阜,颜回第七十四代、颜真卿第三十四代后裔。中国书法家协会会员、原嘉峪关市书法家协会主席。

赴皋兰农村写春联

曲路沿沟岔,山窝藏小庄。
雪残知岁更,树矮孕春芳。
铁铸烤炉暖,花生土豆香。
日红经昊碧,写福祝安康。

戊戌腊月廿二

戊戌冬至（新韵）

始觉布衿难耐夜,寒山凭望逾苍然。
冰封地冻蛰凄紧,气阻云凝雪作团。
阴极阳生时令变,朝来暮往壤霄安。
漫空琼蕊天轮转,印爪鸿泥画里观。

2018.12.21 冬至前夜

咏 雪

琼花半夜下瑶台，河汉澄清万里埃。
极目山川如素练，谁持巨笔一挥来。

2018.12.31 陇中通渭道中

致我的二〇一八

吟啸朝昏诗作伴，山川阅尽赖明窗。
素宣铺就轻云过，渴饮鹅池墨几缸。

2018 岁杪

草书吟

气脉周流意欲先，心潮澎湃入渊泉。
风摧岸裂泥丸滚，雪卷涛惊紫电穿。
山鬼扬威阴曹府，雄狮战野太华巅。
瞬间烟雨腾龙出，乐在疯癫已忘年。

2019.1.8

春节前喜得南国友人馈赠蜜桔

[题记] 己亥春节前夕，友人自江西南丰惠寄金钱蜜桔，喜其色泽热烈温暖，其味甘甜沁心，欣而品之。诗记兼答远方友人。

寒冬腊月正年前，蜜桔南来喜入眠。
金灿和枝雩岭鲜，彩凝犹带赣江烟。
有浆良玉须羞味，无颗明珠亦逊圆。
颗颗沁心心共印，一瓣千里意拳拳。

2019.1.26（腊月廿一）

大寒节迎瑞雪穿铁桥赴会

朔塞吹银屑，阳回缩浅流。
高天旋野鹜，寒渚卧闲舟。
翰墨生光彩，楼台献玉猷。
春风来不远，只在铁桥头。

2019.1.20 夜

唐多令·欣获先生赐印

银絮几温柔。东风驻九州。过白驹，雅事何由。桃木今晨翻旧句，红福贴，寄新猷。　　难以引衣袭。墨池常弋游。赐玉章，恩感心头。冰室朩堂真宰蕴，承雨露，壮芽抽。

2019.2.1 凌晨

水调歌头·己亥新正

犬尾收残夜,初日照猪头。春来冬尽,庆团圆把酒觥筹。昨夜撕光日历,已换桃符旧句,似水付东流。莫叹添华发,对镜自常羞。　　庭除扫,红灯挂,拙荆侍。时轮交替,常忆去日苦甘浮。南牖初临紫燕,书案端开兰蕙,新蕾映人眸。醒后常追梦,何日弄轻舟。

己亥正月初一

年　味

夜市长街腊味浓,货充南北见时丰。
琳琅美食垂青眼,喧闹市声随夜风。
符换新词凝紫气,灯添喜庆映明瞳。
春来不待群芳艳,遍处神州中国红。

己亥正月初一

青树舍玻璃工艺有寄

[题记] 余爱女曾赴东瀛,访问日本玻璃手作艺人贵岛雄太朗先生之青树舍玻璃工艺作坊,阅其图文而有是篇。

幽隐庭园青树静,白砂化作蜜流溅。
金齑和碾沉香末,玉骨轻涵翠缕烟。
剔透有容留雅兴,晶莹难碰遗①青莲。
重生浴火惊神秀,清水芙蓉出醴泉。

2019.2.8 己亥正月初四

[注] ①遗,馈赠。仄声。

踏莎行·元宵

耀眼烟花，凌空飘雪。重霄飞旋应舒活。太平鼓敲醒城乡，鱼龙百变为谁悦。　　白塔灵光，红灯笑靥。春宵盛世韶光越。三台高阁尚登攀，寒晖临洿山川阔。

己亥正月十五上元夜

题祁峰先生画喇叭花

欣欣向上不须栽，喇叭朝天好运开。
家雀伴君多寂寞，东风已报蝶蜂来。

2019.2.26

惊　蛰

隐隐跫音足下惊，春帷揭去惠风行。
田家从此耕牛走，草卉萌芽听燕声。

2019.3.6 晨

踏莎行·三八逢二月二赋

抬起龙头，展开凤翼。龙翔凤翥承天泽。春风此日暖流舒，神州媚黛多巾帼。　　龙凤难逢，节俗同日。东西毕竟巧合璧。燕欢莺唱赋诗骚，谁知身老沧洲客。

2019.3.8.（己亥二月二）子夜

大千讲坛礼赞

书画千秋气韵通，吹来陌苑翠帘风。
清新妙论酬君到，婉丽芳踪待汝逢。
几度春宵烟景好，向来岁稔庆秋丰。
坛开陇上馨香远，稷下而今一脉同。

共赢天下抒怀

才俊时贤同举鼎，满园春色荡东风。
灵台再造融根慧，大道将行谋智忠。
幸有毫光催梦醒，从来明德有神通。
弘扬圣范高标举，福惠双修心启雄。

春　分

江天应律燕轻回，明媚和光好景开。
天地平分均昼夜，阴阳居半摆雷台。
羞怜桃杏浓胭抹，欣看鹅黄细柳裁。
正是一年春好处，离离素雅为谁来。

2019.3.21 春分午间

一级战斗英雄史光柱（古风）

[题记] 为著名传记文学作家杨青云先生策划《血染的风采》人物原型、国家一级战斗英雄史光柱著《史光柱诗歌与名言名句名家书法集》出版敬作。

风采碧血染，英雄百战身。
高山埋忠骨，浩气独绝伦。
剑胆悬日月，文坛建殊勋。
江湖纵马去，长啸出凡尘。

2019.3.23

无 题（通韵）

光阴荏苒笑谈间，马齿徒增未等闲。
天地风云无限景，江流婉转又一湾。

2019.3.26

渔家傲·刘家峡春早

霭隐重峦升暖日，平湖碧透云霞色。春浅探芽芦荡楫，波微褶，潜鳞醒梦苏魂魄。　　山色湖光柔似帛，更闻晨曲声飘逸。紫燕双双弦上律，韵习习，柳浪莺语飞银笛。

八大山人神鹫①

傲视尘寰问碧穹，视通玉宇馥浮空。
煎熬化作凌云志，炼狱优存济世功。
巨翼排空三万里，神睛谛扫九垓通。
来兮神鹫圆嘉梦，雨露大千吟雅风。

        2019.2.20 草，3.26 改定

[注]①神鹫者，乃八大山人所绘之画，约平尺左右。

浪淘沙令·春过刘家峡水库

  碧水映苍穹，缥缈迷蒙。春风如缕似青骢。极目湖山眸也醉，笑对清风。　　淡淡远天空，无觅孤鸿。道旁举步踩蒿蓬。愿为一枝陪草卉，孰与余同。

唐多令·西营温泉

  山闭小汀洲，峡深带浅流。过石桥，迎面高楼。别有洞天岚雾隐，汤池荡，侣同游。　　惊叫几沉浮，氤氲蓝幕柔。倩谁人，几度凝眸？画阁参差清水浅。终难洗，此身愁。

        2019.4.7 于武威西营温泉度假村

点绛唇·过西营集市觅小吃

村舍相望,杨分瘦影溪矶路。峡中水库,坝合低围处。 欲觅桃园,逢路边摊铺。风味卤,饼香堪咀,酿面还调醋。

2019.4.7 于西营集镇

吴定川先生"大红袍"画集出版

一路艰辛探艺真,江湖不老在精神。
书留青石开轩卧,画尽紫寰生气氲。
莫道世间无俗粉,回眸纸上有纷缤。
但闻鸟语千红唤,更伴浮云妙绝尘。

2019.4.14

尉克敏、何昱蓉喜结连理

春声十里孕苞胎,草长莺飞紫燕回。
夹岸桃花蜂蝶戏,良宵夜雨玉关摧。
齐眉要报三生愿,举案须修几世来。
流水高山知己赏,鸳鸯暖帐合欢开。

2019.4.20

忆什川梨花

雪香凝树难为语，压尽群芳意若嫚。
白锦镶纹春烂漫，青丝萦蕊色斑斓。
虬枝碧叶承红日，老干琼葩戴翠鬟。
满眼烟花妆四月，银鳞玉甲落人间。

2019.4.26

蜜蜂赞兼祝劳动节

追寻绝胜天香卉，粉蕊红黄营好巢。
颜色三分酿作蜜，优游快乐赋风骚。

2019.5.1

暮春游临洮

春来好雨晓来风，岚气迷蒙怅望中。
榆柳含烟生浅黛，牡丹凝露笑初红。
泰山苍翠人颜老，洮水微澜蝶梦空。
韶景欲留留不住，欲归心事乱花丛。

2019.5.2

曹坪牡丹咏

晨风玉露润春裳，盛誉尊崇美贵堂。
浅嫩沾枝吟魏紫，薄红出众沁姚黄。
韶容旖旎终无比，馨骨温柔难再强。
看醉貂蝉留恋意，芳丛好梦在壶觞①。

2019.5.2

［注］①贵堂、魏紫、姚黄、醉貂蝉皆为名贵牡丹品种。

登临洮东山凤台①

凤台登上欲摩肩，望断神州远古烟。
浩浩泰山承日月，汤汤洮水下云天。
浮金高阁飞檐耸，横玉文峰铃铎悬。
何处如吾桑梓地，临风当咏五千篇。

2019.5.3

［注］①临洮东山又称泰山，传为老子飞升处，建有飞升阁，又称凤台、超然阁。其下建七级砖塔，谓文峰塔、笔峰塔，有"文峰横玉"景致，传老子挥笔点太极于此。

己亥立夏时雨

四时无语气相催，夜半霖霖夏节来。
天地交并生物秀，阴阳昏晓斗星推。
奈何春去愁千缕，忍看花残泪几回。
听雨南窗情思倦，槐花摇落满亭台。

2019.5.6 立夏

瓦窑村扶贫日记四首

一

山风拂面带花香, 田野苗园耕作忙。
洒下晨星当种子, 耙平夜幕育苗秧。
连畴过眼沾眉绿, 越陌开镰映日黄。
美丽乡村回望合, 烟岚飘渺迓朝阳。

二

碧水潺潺绕小庄, 家家新屋沐晴阳。
田园润秀鸣雄雉, 村道通幽连绿廊。
窑院欣开新面貌, 眸中不见旧危房。
朝英掸露山村景, 燕语春光庆小康。

三

乔松蓊郁村居秀, 栋栋新添一字看。
迤逦通途连谷底, 葱茏茂树染梁湾。
轻云碧昊彤彤好, 蝶阵蜂团蜜蜜甜。
出落山乡如画里, 吃喝无虑有余欢。

四

精准扶贫种好瓜, 轻岚邀我至田家。
苗优始可翻金浪, 绿秀方宜蕴绮霞。
新舍炊烟柔水墨, 欢颜笑语向阳花。
行来不惜清流濯, 唱彻沿途美景遐。

2019.5.9 宁县湘乐镇瓦窑村

春 暮

云横翠岭雨浇头，花事恐归啼鸟愁。
落蕊残香临夕照，摇枝浅翠嫩新酬。
惜春诗客拈春酒，遗恨严陵弄钓舟。
万物静观皆自在，人间佳兴任骅骝。

谢芝华生日志贺[①]

弱水三千起一瓢，黉门挥汗涌文潮。
谈诗讲史锋头健，兴会为文常勇骁。
蕙树芝兰期折桂，清风朗月照松乔。
淘金日日增嘉善，一片丹心岁月韶。

2019.5.15 夜

[注]①谢芝华先生为黄鹤诗苑副主编、中学历史教师。

咏道边小草

处瘠[①]还作凌霄梦，不羡松乔显岳冈。
碾压蹦残何奈尔，也要挣扎发微芒。

2019.5.24

[注]①瘠，当平，不改。

沁园春·夏夜星辉

［题记］是宵,油画家戴凌云为翟万益先生敬赠画像,先生回赠凌云大草联。

阡陌荫浓,星斗交辉,烂漫金城。恰绮霞夕照,丹青引凤;凌云妙笔,画苑裁英。气势恢宏,益师大草,出水蛟龙风雨惊。眼眸亮,更盈樽齐举,喜悦筹觥。　　茫茫艺海深泓,费无数华年竞捕鲸。叹脉踪玄远,风神渺逸;阑珊回首,绢素传声。明月当年,韶光不负,泾水清溪花满汀。无尽藏,幸躬逢胜饯,坦荡无荆。

己亥初夏

王鸿庆"老兰州"民俗画展

［题记］时光不老——王鸿庆民俗国画"老兰州"系列之"牛肉面"主题展,此间在兰州举行。

不老时光留翰真,轻敷淡墨绘红尘。
民风画卷传情采,市井勾栏擢隐沦。
再现古城知兴废,图观大碗①味生津。
黄河写尽流波逝,点染桃花陇上春。

2019.5.31

［注］①大碗,牛肉面别称。

过秦王川遇沙尘暴

[题记]2019年6月1日午后三时许,余驾车过秦王川遇沙尘暴。

才见天边云脚起,狂飙俄顷筑霾墙。
一空黑幕惊魂魄,满目黄尘蔽日光。
暗地昏霄迷客路,飞砂走石折蔷粱。
人轻生态神迁怒,绿水青山贵玉璋。

水调歌头·龙源（依毛滂）

华夏得龙种,崇拜冀安宁。纵观先圣今哲,探赜①语纵横。幻化重霄腾跃,总在幽宫斗搏。穿雾破沧溟。待将族旗绘,龙帜溯源澄。　　镇河畔,安九曲,阻雷霆。大河上下,文彩辉映宝珠呈。今夕斜阳芳甸,万古洪荒图卷,恍若梦经营。已共衣裘②引,欣喜巨龙腾。

2019.6.2 傍晚游龙源

[注]①探赜:探,即探索;赜,深奥。探赜就是探索奥秘的意思。②衣裘:指夏衣冬裘。此引申为衣钵传承。

沁园春·祁连丹霞

春暮杨花,古道驼铃,梦回祁连。叹万山妆锦,霓霞烂漫;千峰含秀,云鹤跹翩。气势恢宏,峰峦迭彩,大美天成夸自然。微吟罢,怔惊奇无语,往事如烟。　　丹霞如此奇妍,曾隐匿深山不晓年。更蓝天高远,塞云飘逸;青山尽处,祁岭蜿蜒。遥想当年,春光明艳,黑水清溪又一湾。天难老,幸重逢故地,再赋新篇。

水调歌头·悼屈原（依毛滂）

　　沧浪水清浅，濯足洗烦忧。楚骚千载犹是，孤雁冷长洲。愤泣离骚天问，怒踏清流国殇。离乱怎能休。忍将汨罗水，遗恨暮朝流。　鼓云瑟，冲曲折，涕凝愁。蔽壅障隔，残梦消散却难收。愚正无分安忍，善恶混淆何奈，漫漫泪淹留。总为哀民苦，天地一沙鸥。

2019.6.7 端午

端午悼屈原二首

一

　　插艾门前粽叶香，龙舟竞渡为端阳。
　　缅怀屈子哀民瘼，重读离骚问九章。

二

　　诗魂祭日延成节，楚水龙舟紫气升。
　　亿兆千秋崇粽艾，浩茫心事几时澄。

2019.6.7 端午

咏手机

　　掌中方寸通寰宇，缥缈微茫连汉霄。
　　自古崇神非是梦，而今凭尔乐逍遥。
　　天文地理叹无碍，南北东西岂患迢。
　　更喜视频桥鹊会，持君谁不比仙骄。

2019.7.6

观雨后初霁之云

漂浮城半水东流,一道长虹锁两头。
百变鱼龙淫雨歇,千骑铁马信天游。
波翻远岸鸣孤雁,流洗平沙惊野鸥。
鹏翼铺排垂万里,霓霞幻化荡轻舟。

2019.7.21 傍晚

刘正成先生"陇上鸿泥"书法展偶忆

[题记]六年前的2013年秋,"陇上鸿泥——刘正成书法展"于兰州隆重举办,此前刘正成先生曾数度辗转陇上采风创作,其学术精神与创作成果影响深远矣。

江山寻绎千秋业,陇上鸿泥万象和。
朔漠霜晨祁岭雪,崆峒春色渭河波。
裁编今古多忧乐,旅贯东西任啸歌。
松竹妆庭桃李盛,书林长愿接琼柯。

2019.7.21

访林经文先生

染翰逾花甲,京华早有闻。
精通书画印,穷究史经文。
根扎周秦鼓,丰韧汉唐筋。
半天霞色好,坐看陇头云。

2019.7.24

为天佑同窗聚饮感怀

旧雨同窗喧暑夜，酣邀星月白驹驰。
话题总涉儿时趣，乡语谈缘老岁吹。
特曲三壶浑未醉，杂粮一碗咋还饥。
会须畅饮无穷乐，消尽斛觞更赋诗。

2019.7.25

张智言先生夏夜来访有寄

[题记]国际知名野生动物保护研究者、余故交张智言先生自成都来兰探亲，抽时造访敝处，言及近日在成都见到阔别三十二载、自美来华的国际鹤类基金会主席乔治·阿基博先生，并以某书拙字"花好月圆"相赠事，忆及二十多年前为野生动物保护奔走呼号，感慨系之矣！

故友远来茶当酒，欣言往事一箩筐。
越洋拙墨传情愫，鹤舞九皋披素裳[①]。

2019.8.1 子夜

[注]①数年前，张智言先生嘱书"鹤鸣九皋"书法，并将其远涉重洋寄赠给设立于美国威斯康星州的国际鹤类基金会。

观油画展题少女油画

麻布风尘起，丙烯图画殊。
峻瞳如放电，明目似愁湖。
剑气霜堪摘，凝神息可呼。
青娥凡俗脱，霞彩映丹图。

2019.8.3

访马国俊先生①

[题记] 己亥夏末，曛风暑气，丽天骄阳。余因为报社七十华诞延请名家祝贺作品，与同事C君拜访马国俊先生。欣得其大作，其贺联曰："文集陇地千秋事，图绘河川万古情。"与其独具学者气息的行草笔迹珠璧同彰。流连片刻，欣赏先生先父遗墨，又言及书法观念研究及致力于汉字书写普及，先生复以专著相赠。

侪辈曾将远大期，青云万里去何疑。
审时隐忍殊难小，度势量裁几得宜。
纷绪长河流欲远，厘清观念力推移。
传薪翰墨贤人事，常把山雷象取颐②。

2019.8.6

[注]①马国俊先生长期致力于书法理论研究和汉字书写普及教育，提出书法的"两种观念"。②山雷颐：易经第二十七卦，艮上震下，上下二阳，内含四阴，外实内虚。"匣中藏剑之象，审慎交往之意"，指慎言语、不冒险从事。

初 秋

远岫烟岚笼，黄河日夜流。
雁风驱暑气，鹭鸟唤初秋。
更爱多情柳，招摇未可休。
明年春水涨，随处任虚舟。

2019.8.9

初秋夜饮（古风）

秋风昨夜幸，已然暑气收。
烟云几变幻，俄顷西风遒。
适有故人至，雨脚已打头。
宵来一壶酒，勃兴遣云油。
投箸忆尘网，举杯凭添愁。
倚醉观星月，倾耳听河吼。
百事无一忻，千虑抑何稠。
鸟啼驱长梦，蝉翼振素秋。
最恼岸边柳，招摇未曾休。
远岫薄岚罩，长河日夜流。
万事东流水，常思五湖舟。

2019.8.10

咏甘肃日报七十华诞二首

一

端融报网开新境，砥砺陇原同力耘。
七十年来寒暑易，旧闻之后有新闻。

二

文成豆蔻犹行健，谱写华章颂盛昌。
接叶虬枝承雨露，含葩珍卉播芬芳。

2019.8.10

春　风

［题记］十一届三中全会前后《甘肃日报》发表大量支持改革探索的文章。

　　四十年前铭史册，城乡处处响雷喧。
　　云开雾拨朝暾出，春早人勤意气掀。
　　渴望神州圆宿梦，同祈喜雨润苗根。
　　鹏程万里高风劲，奋起汪洋欲化鲲。

惠　风（新韵）

［题记］重读四十年前《甘肃日报》真理标准讨论感怀。

　　卌年岁月逝难回，一纸浸黄犹可追。
　　好雨逢时苏厥壤，星煌引炬报春雷。
　　鸡鸣陇右传声远，尖冒西畴留誉蜚。
　　打破藩篱明至理，神州处处惠风吹①。

2019.8.10

［注］①为支持西固农村女社员高学兰养鸡冒尖致富，《甘肃日报》开展的大讨论。

初秋作客晨农山庄野趣

　　日闲骑虎驱东郭，玉露金风菊盏花。
　　秋挂枝头梨老树，篱围陂野地爬瓜。
　　二三蝉噪沿林杪，四五客喧归落霞。
　　不见柴扉无犬吠，漫炖味厚舌生葩。

2019.8.11

《万益集契集》①四卷贺

契集铁云逾四集,雕龙刻鹤卌余年。
秋毫精劲凝霜雪,春水瑶波染澹烟。
八法工超池燕振,六文奇尽迅鸿翩。
尺盈锦两企龙跃,片字镒金珠解泉。

己亥初秋

［注］①《万益集契集》为翟万益先生甲骨文书法专集。

题匾月亮湾①

翠涌丹流洲渚上,一湖明月照前轩。
新亭题字遑论价,雅韵溢庭湖泊樽。

［注］①斯地为千姿岗前身。

临洮古村落见闻二首

一

村头老柳显沧黄,别样山乡扮靓妆。
记忆常留铜铁勺,哀愁抹进草泥墙。
雕窗院里殷勤妇,小吃摊前忙大娘。
远客携游生意绪,情思缱绻意彷徨。

二

沧桑旧宅像从前,赓续绵长一炷烟。
灰瓦青砖星月渺,泥墙草壁铁铧悬。
难为雕塑童孩逗,慨叹游廊古训镌。
勾起乡愁遐迩客,徐行换景几流连。

2019.8.18 于临洮

初秋游千姿岗生态园二首①

一

朗润葱茏秀木荣，汤汤洮水作歌声。
月摇竹影云亭晚，风动霓霞萤火明。
一径回环通好梦，九湖波荡胜蓬瀛。
遥思陶令今何去，半亩田园亦乐耕。

二

绿阵遮天沉影碧，红崖向日染胭丹。
千重风致和鸾凤，一晌闲情舒胆肝。
竹露精研松雪静，江湖笑傲水云宽。
新亭但写换鹅字，对月啸吟魂梦安。

2019.8.18

[注]①千姿岗，曾名月亮湾，位于临洮城南十余公里处洮河岸边。千余亩滩涂，十余年治理，嘉木繁茂，百鸟翔集，九湖荡波，休闲养生，绝妙佳处。

兰州理工大学百年华诞

嘉禾硕果又金秋，百岁声名播九州。
回首黉门雏凤育，凝眸瑶玉匠心酬。
中西博采培梁栋，文理兼修献壮猷。
不改初心还奋进，追求卓越续风流。

2019.8.29

国展铩羽感赋

[题记] 余曾花费半年时间备战第十二届国展,然终铩羽而归。不禁想起烛光下飞溅的墨花、墙角堆积的废纸。眼前浮现出日本书法家井上有一先生拖着疲惫的身躯,夹着一捆写废的纸,朝深林走去的背影。因作此矣。

森森剑气冲霄斗,猎猎旗开战宝鸡。
废纸三千霜雪阻,长天一鹤水云迷。
殷殷心事何须藉,寂寂林泉谁捕猊?
法继有渊明本性,青山寻路自成蹊。

2019.9.2

中秋夜吟

造化弄人知自怜,文心雕砌也欣然。
深霄碧昊银河落,清露苍山明月悬。
尘世浮名如耳垢,江湖真味入风烟。
清辉谁在千山外,试赋新词对晓蝉。

2019.9.4

教师节忆师恩

粉笔作铧耕岁月,成灰蜡炬照前程。
同窗学友忽翁媪,硕果繁花鸣鸟鹦。
立雪方珍朝日暖,经风更见碧潭清。
寒门滴水常思报,謦欬犹闻在耳萦。

2019.9.10

中秋后一日登兰州北岭

连山到海油云起，灵秀郁盘回望收。
都说金城消夏地，我登高岭兴来游。
卅年树老原披绣，一叶风轻客感秋。
生态也关忧乐事，气清日朗喜心头。

2019.9.14

兰州碑林寄怀

巍峨高阁势辉煌，错落碑廊鸾凤翔。
一脉书魂宗晋汉，千年神秀数钟王。
爬罗剔抉宏思寄，鸣鹤雕龙华彩彰。
塔影河声①难入梦，凭栏凝望忆萤光。

2019.9.14 子夜

[注]①《塔影河声》指碑林创建者流萤先生记录碑林创建的著作。

刘树田先生祭

秋雨梧桐老叶辞，黄河呜咽陇云垂。
共祈师祖登仙列，难付深情作挽词。
筚路奠基宏愿见，滋兰树蕙雅声縻。
涌泉相报思恩重，妙手文章岂有私？

2019.9.21 子夜

[注]①刘树田先生（1936年—2019年9月21日），为兰州大学新闻与传播系主要缔造者，余就读时先生为系主任。

李治甲先生收藏砚滴咏

壶光滴露墨华凝，蕴籍文房掌上珍。
望月犀牛哞太古，掠空白鹭落洲津。
烟波澹澹春云乱，清漏涓涓秋水洵。
旷代超群堪美器，稀奇更待挽漂沦。

2019.9.24

[注]①著名砚滴收藏家李治甲先生积四十多年心血，收藏有自汉代以降及近现代书画家使用过的砚滴六百余件，更有距今四千多年的彩陶砚滴——堪为砚滴鼻祖。陶、瓷、紫砂、金、银、铜、铁、锡、铝、木、玉、石等俱全；飞鸟走兽、车舆人物、竹石奇卉、神话传说、历史故事等应有尽有。

南歌子·风雅兰山

兰皋芳菲满，甘泉酿雅醇。倩谁遥赠一枝春，只为书山葩卉正缤纷。　　弦上南飞雁，诗心接碧云。吟风还比酒风淳。更有珠玑千斛映金樽。

南歌子·无锡友人访冰室

蛾眉①明焦尾②，河声动旭光。鲸波墨海涨幽窗，疑是鸿都飞白蔡中郎。　　万里梁溪③暖，兰皋气骨香。欲凭鹏翼上银潢④，可见紫毫宣素耀星霜。

2019.9.29

[注]①蛾眉，指蛾眉月，农历月底的月亮或月相。②焦尾，古琴名。③梁溪，无锡古称。④银潢，指天河、银河。

登九州台①

禹贡九州遗泽远,兰皋烟雨鉴深情。
峰高不被轻云碍,日朗还听小雀鸣。
荟萃人文诗可赋,扶疏花影意堪倾。
临风许我精神抖,一任前程多棘荆。

2019.10.3

[注]①九州台为兰州北山最高峰,俗传大禹治水时,曾登此划分天下为九州。

秋日登兰州北山①

丹曦初启虎头巍,满目琳琅敷霭绯。
文庙殿前朝至圣,藏经楼上蕴珠玑。
白驹春梦匆匆日,红叶秋山晓晓辉。
梨枣挂枝芳馥溢,诗心澎湃晚霞飞。

2019.10.3

[注]①兰州北山有虎头岭,建有文庙、文溯阁藏书楼等。

兰州北山望黄河

云树苍茫山领横,黄河一览显峥嵘。
涛声不舍摇篮曲,关塞犹闻战马声。
两岸桥通连广宇,一川楼起壮新城。
斜晖菊阵融红叶,慰我穷秋远客情。

2019.10.7(九月初九日重阳)

登兰州北山谒文庙

埈峋北岭势崔嵬,步道郁盘殿宇恢。
论语微言丹篆铸,经传大象陌花开。
沉潭数尾摇摇影,雕石千年济济才。
珍重润源邹鲁意,还培国脉继将来。

2019.10.7(九月初九日重阳)

寒 露

秋深叶老力难凭,摇落金风寄雁征。
惊梦何生折桂手,畏寒犹守读书灯。
敢将吟咏追耆宿,未免微圈累友朋。
欣喜苍山多锦绣,菊香浮动露华凝。

2019.10.8 寒露

《好大王碑》[①]赞

四百年前莱子[②]续,蚕头燕尾尽消亡。
简平整饬圆融趣,汉隶因承好大王。

2019.10.9

[注]①《好大王碑》全称《高丽好大王碑》,又称《广开土王境平安好大王碑》。清光绪年间(1880年前后)出土。据考为东晋义熙十年(414年)刻,承袭早期隶书风貌。碑文叙述了高句丽建国的神话和高句丽第十九位王谈德的战功。②莱子,即《莱子侯刻石》,刊刻于新朝天凤三年(公元16年),又称"莱子侯封田刻石""天凤刻石",无撰书者姓名,属早期隶书石刻,现藏于邹城博物馆。

参观甘肃贡院

秋阑槐老叶纷披,广殿雕梁画栋奇。
千古流芳兹可见,百年岁月不须追。
功名水付东流去,事业烟消火灭时。
回首不堪何怨命,一腔心事任天知。

2019.10.19

舟曲行九首

西江月·舟曲

峡曲聚峰如剑,流回湍水张弓。斜阳一线晚霞红,芳草曾经心动。　举目危岩仄径,遍山青嶂红枫。西关灯火压星空,夜静今宵好梦。

2019.10.26 舟曲

深秋访杜坝村

白龙曲绕小村东,秋意阑珊柿树红。
瓦舍小楼除旧貌,南瓜玉米献新丰。
峡江山水多灵秀,杜坝人家喜乐融。
意恐君来留不久,殷勤恰似到家中。

2019.10.27 舟曲

登翠峰山

百旋葱茏上翠峰，巉岩剑劈气壅胸。
千般云雾迷深壑，万仞危崖挂古松。
移步拾阶无限景，叩禅拜殿有仙踪。
天神欲问人间事，俯瞰峡江飞白龙。

2019.10.26 舟曲

卧牛山庄秋色（新韵）

宛转江流曲路通，金风玉露喜黄红。
竹摇翠叶临丹桂，菊放霜花映碧空。
园彩凭添游客意，茗香撩动雅君容。
自来谁染层林醉，如缕秋光韵正丰。

2019.10.27 舟曲

西江月·舟曲泥石流博物馆

草绿叶黄云淡，水深江白流湍。镜头切换九年前。哀痛张张嗟叹。　　骤雨石流天降，龙江天陷城咽。秋阳依旧色斑斓。还看南来北雁。

2019.10.26 舟曲

水调歌头·拉尕山赏雪

拉尕蜿蜒上，斑驳素霜凝。轻车飞旋，岭头苍翠积空明。雪压青枝妩媚，雾笼氤氲芊蔚，缥缈御风行。玉树琼花景，鸟雀远来迎。　　霰如幕，流云翠，隐峥嵘。徜徉雪海，神定胸旷脑空灵。雪覆黄花握玉，冰裹腊梅妆粉，还看远峰横。欲得山间驻，快适此平生。

2019.10.26

拉尕山观雪三首

一

拉尕登临发浩歌,冰霜满径玉花多。
蜿蜒山路凝云上,一卷空灵蒙素柯。

二

雪压松涛发素波,渐开云雾现皤峨。
新醅绿蚁韶华日,留待青山春梦娑。

三

雪覆黄花不晓名,凌寒竞放灿盈盈。
琼妆玉树神仙境,回望群峰瑞气萦。

2019.10.26 游拉尕山

腊子口抒怀

莽莽岷山千里延,云横铁尺斗星悬。
危崖绝壁三更月,湍水巉岩一线天。
布下神兵收罟网,揭开地府入龙渊。
丰碑高矗雄关镇,胜迹而今万代传。

2019.10.26

过小分水岭

分水岭^①分南北异，云垂雾锁薄裘裳。
山排漳渭飞鸿断，气隔岷洮陇阪长。
渐冷情怀霜色烈，半温茶酒菊花香。
险峰环列行之字，露骨^②雪明映夕阳。

2019.10.26

[注]①此处分水岭位于甘肃省漳县和渭源县之间，南北分水分别汇入渭河与洮河。②露骨山雄矗于卓尼、漳县和渭源之间，是西秦岭最高的山峰，主峰海拔3941米。从分水岭南眺，积雪映照夕阳。

白银四龙农家院二首

一

黛瓦朱门画栋梁，名花嘉木播芬芳。
满堂红木承兴盛，深院秋棠兆寿康。
竹影摇摇天半月，岫云穆穆泰三羊。
诗书耕读崇风雅，根在田畴五谷香。

二

杂花依翠蕴生机，岫玉初峰迎旭晖。
府第华堂因好梦，山川阡陌尽珠玑。
深谋巧构农家喜，致富治穷思叹唏。
宾至恍如游世外，纱灯缥缈透窗扉。

2019.10.31 白银四龙

甲骨文发现一百二十周年

仰观俯察庖牺远,仓颉作书胡渺茫。
龟甲显灵驮密契,铁云穿雾证殷商。
中华信史因之定,汉字源头至此彰。
百载探赜成绝学,文明曙色映皇皇。

2019.11.3

敬步翟万益先生《无题》

耕耘还为稻粱谋,羞向田园觅本由。
三径榆桑黄叶老,半生光景大江流。
晓听山鸟嚣尘好,夕望暮云风雨愁。
欣喜朩堂培菊艳,程门千古感丰秋。

附:翟万益先生《无题》

青丝不做稻粱谋,白首细考黄卷由。
墨浑天地意兴发,月俯兰皋清新流。
放心禅外任时世,高歌阳春荡轻愁。
历尽磨难喉结在,侧立河滨味深秋。

2019.11.7

鹧鸪天·立冬

月冷霜浓夜已长，风摧红叶坠轩窗。东篱菊色含天籁，萎顿花容殇梦芳。　　潦水尽，蛰虫僵。山川易景在行藏。楼头落日空斜照，向晚河声清亦沧。

2019.11.9 晨

沁园春·贺甘肃省诗词学会三十八秩暨第五次代表大会

陇上吟坛，辈出先贤，源远韵长。更续承风雅，兰台展卷；襟怀云水，词海裁章。墨客诗豪，韶音佐酒，尘洗依声风雅彰。秋风劲，正纛旗猎猎，鹏举鹰翔。　　阳春丽日呈祥，汇各路时贤聚一堂。看山河烂漫，渊渟岳峙；海潮激荡，浪涌帆扬。三八春秋，四旬果硕，各领风骚竞宋唐。新航启，乘长风破浪，高挂云樯。

2019.11.16

厨娘持烧火棍作画①戏题

轻援火棍走泥墙，徒手涂来赛马良。
顷刻满墙仙子现，世人惊叹是厨娘。

2019.11.18 晚

［注］①此系微信视频所见。

题分水岭①

路转千寻通峻壑,江河从此更添支。
轻云连海铺图画,朔气凝霜绘彩陂。
山有阴阳南北异,天常冷暖旦宵奇。
离愁且对漳洮诉,两去茫茫无会期。

2019.11.8

[注]①此处为黄河流域与长江流域分水岭,岭南为长江流域白龙江水系;岭北为黄河流域洮河水系。在212国道岭峰处,竖有巨石二,代表江河流域分界。位于甘肃省岷县麻子川梁。

步虚子令·秋思

翠华秋影望鸿途,天路卷云舒。梵音天籁,叶红风醉颜朱。长久忆,梦如如。 烛光合手叹红瘦,星斗转,信鸿孤。举头莫问,却思春有春无。问世间,万难书。

浣溪沙·谒姜维点将台遇雪

莽莽东山古柏萋,千秋万代镇西陲。谁将心事对君提。 最是多情银絮落,却怜青髻冻云低。未曾商略已粘眉。

2019.11.17

鹧鸪天·深秋诗会访临洮

诗会洮阳忆旧游，几番追梦绪无头。金涛岸柳摇幽兴，红叶秋山豁远眸。　　斛珠逝，片云流。词骚赋得换良畴。风流岳麓无穷意，明月疏灯映玉楼。

2019.11.17

参观省博典籍珍藏库

不虞蟫蠹虫空粉，宽厦密橱安此珍。
万卷经书藏粒芥，千秋青史寓微尘。
项刘不读痴儿笑，强暴抄焚国士瞋。
电子新潮淹后辈，如何黄卷误终身。

2019.11.20

岳麓山怀古

岳麓苍茫山势岣，塞云漠漠压荒榛。
伯阳宫小彰星汉，文曲峰高耀紫宸。
传说飞升曾未有，世间忠义历来真。
天心邈远谁何见？香火嚣尘车马辚。

2019.11.23

清平乐·己亥小雪翌日小酌滴水崖

市嚚绳牖,静听崖岩漏。晨起西风轻絮逗,三五知交兰臭。鼎䕫绿蚁红颜,瑞脑消得云烟。落雪难封流水,已然时令冬前。

2019.11.23

题清水山门村雪景

琼花玉树映新晴,雪压青松寒鸟鸣。
最忆山中封雪日,围炉烫酒犬鸡声。

2019.11.27
微信圈见隆洲先生所发驻村雪景随感

发小同窗故友之会

陇头莽莽惜同游,常忆西江[①]不系舟。
砚底烟霞云北去,胸中丘壑水东流。
一壶非醉苍山暮,千里逢迎碧树秋。
何处月明无想望,金城襟带望河楼。

2019.11.29 夜

[注] ①清水境内牛头河古称西江。

夜宿宝鸡

以致红尘五十年,陇山依旧夕阳边。
奈何岁月霜华覆,忍见青春暮色眠。
瓦砚消磨他日志,雪泥尚待梦中船。
而今渭水携风袂,叩拜何尊石鼓前。

2019.12.13 夜

水调歌头·冬日过宝鸡

周祖始发地,据险虎秦成。西风催我踪迹,何处问钟鸣。追溯紫金浮月,谛视风烟尘土,渭水总还清。山原作萧瑟,墙外迭枯藤。　叩陶祖,拜尊鼎,思平澄。欲寻健笔毫素,万丈写峥嵘。溢彩流光觞鼎,华美镕裁流丽,书道绝崚嶒。谁共清宵饮,明月一轮冰。

2019.12.15 于宝鸡客次

观十二届国展行草书展三首

一

陈仓览草几心惊,翰墨涛翻气韵横。
高铁驰奔千里近,襟怀云水万般轻。
承传有绪中流远,法继无源歧路茔。
化蝶穿花为的事,周原烟雨荡春情。

二

少年习楷勤还易，老大才知雅正难。
土厚桑榆千股茂，夜阑碑帖五更寒。
乌朱栏格紫毫系，唐晋烟云青鸟桓。
尽付狼锋砚海过，回回梦里作弹冠。

三

南北侪朋共沐霖，西风还似故人临。
琅林嘉树深如海，墨道印花红到心。
翠竹鸣琴曾识面，苍烟老岫最知音。
寒蝉虽未邀酬唱，来夏凭君取次寻。

2019.12.14 于陈仓客次

张载颂

横渠四句回天地①，绝学微言永世崇。
一自孟颜千载后，神州万代启心雄。

2019.12.19

［注］①北宋思想家、教育家张载"横渠四句"，冠绝古今，光耀千秋。余每读必生景仰。

云南友人惠寄古茶感赋

如寄春风寒夜暖，佤山古树老茶坊。
腾波新沸鹅黄色，盛盏陈汤琥珀光。
何羡云华①瑶草碧，应轻玉友②郁金香。
深情泉涌鸣琴响，要问冰壶付眼眶。

2019.12.21 冬至前夜

[注]①云华，茶的别称。唐皮日休《寒日书斋即事》诗之二："深夜数瓯唯柏叶，清晨一器是云华。"②玉友，白酒的别名，亦泛指美酒。宋张表臣《珊瑚钩诗话》卷三："以糯米药曲作白醪，号玉友。"唐卢纶《题贾山人园林》诗："五字每将称玉友，一尊曾不顾金囊。"

沁园春·白云山庄①夜瞰黄河

灯火丹流，弦歌盈耳，乐在心头。看汤汤东去，波光潋滟；溶溶夕照，霓彩喧啾。幽远苍穹，水晶白塔，浩渺心猿难以收。当思忖，问行程归路，何觅兰舟？　　鸿谋意气方遒，续展翼腾飞献壮猷。恰启程褴褛，竭诚五载；致知养正，天祚千秋。别却梅红，欣期林翠，但寄涛声还展喉。兴未尽，任一番思绪，几度驰游。

2019.12.28 子夜

[注]①鸿烨公司五周年庆典于此间隆重举行。

元日雪峰禅寺写经

元日杨梅岭上苍,和光瑞气照黄裳。
雪峰禅寺升宏愿,浓墨华笺书锦章。

2020.1.1 南安雪峰禅诗

元日雪峰寺登杨梅山（新韵）

佛寺泉州数雪峰,杨梅岭上倚藤榕。
轻云变幻青山隐,巨石朝天初日红。
北望关河归阵雁,南瞳海浪渺孤鸿。
风尘厌倦闲来客,高卧息心远市声。

2020.1.1 于泉州雪峰禅寺

题雪峰禅寺

庄严金碧翠峰连,俯瞰高天得月先。
梵呗衲衣般若诵,祥光瑞气藏经镌。
千年寺古禅宗续,一代僧新释祖缘。
法雨布施钟磬远,东风浩荡一帆悬。

2020.1.2

雪峰禅寺佛祖成道日
迎《永乐北藏》及写经开笔
（孤雁入群格）

钟鸣古刹初晖耀，日照雪峰春色阑。
瑞气梵音开觉悟，祥光锡仗拥旃檀。
花迎北藏尊如是，雨播南天释佛坛。
虚静挥毫屏息敬，华严殿上写庄严。

2020.1.3 于雪峰禅寺

泉州九日山九九归一榕

扎牢石隙已嶙峋，伞冠繁枝阴庇人。
承露迎风舒碧叶，攀岩处瘠蹇皴身。
盘根交错根连脉，共雨潺湲雨洗尘。
天道一归双九股，我祈斯树万年春。

泉州洛阳桥

石桥千载话沧桑，洛水清波映夕阳。
势截渊潭通绝陌，基连海阪壮泉乡。
千秋事业惊神鬼，万代斯民怀蔡襄。
地老天荒桥亦老，回看渔火暮舟茫。

2020.1.3

登泉州九日山（新韵）

名山九日蔚人灵，嘉树峻峰开玉扃。
霞依青溪披翡翠，香闻圣殿诵金经。
当殊橡笔倾心写，应叹风流侧耳听。
刻石祈安文字隽，菩提发愿海天宁。
潮涛梵呗苍苔老，龙眼榕荫雏凤清。
荡漾烟波通万国，逍遥酒趣醉云亭。
繁花竞放争春色，远客优游慕盛名。
杖履登临无限意，家其胡导奉芳馨①。

2020.1.3

［注］①泉州著名文史学者胡家其先生亲自导游讲解。

谒泉州忠惠蔡公①祠

海江波静夕晖中，花掩刺桐生穆风。
断碣残碑藏海阪，丰功伟业照苍穹。
南邦风物因殊胜，东洛山川自望隆。
迢递水云三万里，恭行缓步为身躬。

2020.1.3

［注］①蔡襄，北宋名臣，字君谟，谥号"忠惠"。

赏　雪

片片轻盈凝素裳，蹁跹挤逗作悠扬。
六花检点开眉窦，五岭清芬润眼眶。
碧玉携寒添境妙，琼枝带润化诗香。
终须别去天难改，殊胜情怀久久长。

2020.1.10 晨游五泉

己亥岁杪

岁杪收官屈指频，雪泥鸿爪跨时轮。
泉州南海孤舟远，陇右西营并辔臻。
吟诵诗骚培浩气，挥毫翰墨出风神。
轻云絮雨渐秋老，兰放幽香总报春。

2020.1.17（己亥腊月廿三日）

偕妻腊月扫尘

年关迫近俗风通，洗垢掸尘擦碧空。
大好心情调煲里，全新事业盛盘中。
油盐柴米归平淡，锅碗瓢盆存异同。
看惯微屏知世界，营巢燕子意融融。

2020.1.28

忧新冠入侵忆"非典"香江行

[题记]年头岁初,冻云封树,软雪妆庭。一股病毒给高悬于庚子之门的大红灯笼罩上一层雾霭。不由想起十六年前那个令人恐慌的"非典"肆虐的春天。彼时,因参加在香港举办的全国报业经营大会,余同范昌德公、薛业鸣君有香江之行。

客过罗湖临大关,已闻"非典"肆香湾。
满城口罩全遮面,尽阜荆花半失颜。
抱恨年关眉竟蹙,追怀殷鉴气难闲。
神忧民痛凭谁任,鲜耻无廉诉宇寰。

庚子岁初

雨水吟

清音十二拨轻弦,春意阑珊浮紫烟。
点染碎红山杏早,平铺翠绿水畦妍。
违时北雁鸣沙渚,徐到东君吹野田。
园圃殷殷期大有,春风一棹启帆舷。

敬步毛主席《七律二首·送瘟神》

一

忧乐无常晓梦多,春宵争奈月明何?
龟蛇苦雨锁祥瑞,家国仁心唱颂歌。
志士驰援平疫虐,城乡防护固堤河。
华佗休问苍生事,月涌江流逐逝波。

二

东君无奈折新条，蒙翳遮瞳犬吠尧。
不尽江河翻白浪，无边爱意化虹桥。
飞传神谕银屏递，砥柱南山金步摇。
毕竟九州除虐气，送瘟明烛照天烧。

抗疫宅居二首

一

疫灾肆虐势惊天，疫讯充屏难入眠。
年酒坛封谁对饮，寒江浪涌月孤悬。
五洲霆电降魔害，四海风雷驱雾烟。
祈愿气清天朗日，花开春暖鹤翩翾。

二

疫虐霾浓笼宇寰，春风不度玉门关。
闭门终日难生静，开灶三餐好赋闲。
勉力蛰居成蛀蠹，潜心耕读探斓编。
消除毒瘼清明日，相约阳关绽笑颜。

清平乐·庚子上元寄江汉友人

月迷江汉，玉兔蟾宫怨。祈愿神龙抛素练，涮尽青霄尘眼。
何日芳甸晴川，同心共克时艰。不改龟蛇依旧，东湖重放新莲。

清平乐·宅居

时光跌倒,不许春风笑。雪堵冰封无事了,难见枝头雀鸟。屏上问讯纷纷,宅门少却蝇蚊。不见往常犬吠,神追窗外浮云。

清平乐·生活琐记（依龙谱）

昏沉欲睡,还足油和米。难得常陪渐老妻,粗蔬菜根亦醉。白衣倦履匆匆,通宵无怨身躬。纵使东君有恨,补天遗火谁同。

鹧鸪天·援鄂甘肃医疗队凯旋

柳动莺啼万里春,黄河鸭暖庆功樽。轻云飞絮晴川梦,细雨甘霖芳草茵。　　隔生死,铸医魂。喜悲难忘友情真。龟蛇黄鹤邀江汉,筑梦归航入陇云。

鹧鸪天·春姑

袅袅春姑逐北行,翩翩一路洒柔情。轻梳杨柳湖心月,尽染桃花山半亭。　　荠菜嫩,草芽青。连畛阡陌好春耕。今宵梦醒知何处,脱去褐裘罗带轻。

鹧鸪天·春归

春意悄然挂柳梢,嫩黄点染万千条。迎春来探春消息,山杏相期雁落桥。　花无语,雨轻佻。芳华初现幸天侥。初春乍暖衣单处,忽报寒流下九霄。

鹧鸪天·春

淡染匀敷春色谐,东君巧手细铺排。溪边桃杏如丹点,陂野烟图似翠裁。　风快意,雨柔怀。甘霖浇灌百花开。嫣红姹紫莺声唤,唤醒春心醉意来。

惊蛰二首

一

隐隐跫音足下惊,春帷揭去惠风行。
田家从此耕牛走,草卉萌芽听燕声。

二

大道无言风有息,天机难测草虫知。
枝头浮晕蚊蝇醒,正是春云商略时。

庚子春意

云开雪化草初萌，返照长河亮眼明。
柳动鹅黄雏燕早，蛙鸣鸭绿细鳞惊。
翅低孤鹤飞仍重，舌涩乱莺声未成。
不叫寒蛩春不度，江湖有待泛清泓。

庚子仲春晨游五泉山①

东风依旧荡层林，雀鸟枝头觅好音。
数处山阴明积雪②，经年水澈映澄心。
甘泉涌玉一瓢饮，芳信行踪几度寻。
应许云开花满径，寒塘尽管蛰蛙喑。

［注］①五泉山在兰州城南、皋兰山麓，以五眼清泉而得名。②明字，作使动用。

黄河春讯

［题记］庚子之春，静默抗疫，街衢市井，人渺车稀。黄河亦一改往常的喧闹奔腾，悠然而宽怀，安静而澄碧。因以为记耳。

波静纹平几浅漪，水清渚白自无私。
春风杨柳拂千里，晴日沙鸥共一池。
北岭云开新雁待，南山泉涌碧涛辞。
难移沧海昆仑志，破浪回澜信有期。

2020.3.6

清 明

时至清明山杏艳，轻梳杨柳细枝柔。
无声夜雨梨花泪，如缕相思寄一丘。

岁次庚子清明

袁第锐先生逝世十周年二首①

一

先贤未远慕高仪，今读华章百世师。
椽笔纵横存史册，吟坛风雨说传奇。
三千诗箧功名显，一代恬园桃李垂。
岁岁春风知再会，兰皋雁阵景明时。

二

曾经风雨不倾欹，坦道阳关岁晚时。
诗散遗香甘淡泊，身培嘉树翠离披。
折腰洗砚明时序，播火传薪照夜陂。
领袖骚坛高帜举，仁人自寿总相宜。

庚子清明前夕

[注]①袁第锐（1923—2010），重庆永川人。曾任甘肃省政协常委、甘肃省文史研究馆馆员、甘肃省诗词学会会长、中华诗词学会副会长。

无 题

桃花灼灼柳丝裁，万卉欢迎春到来。
唯有榆椿还不语，老谋深算费思猜。

清明祭祖

凝云随纸马,草色报春晖。
难免家山寂,常祈榆柳葳。
百年茔嶂列,五服齿唇依。
隔世先慈远,还忧岁有饥。

2020.4.4 子夜观家兄传家祭图有感

青城古镇游三首（新韵）

一

黄河万里孕条城,千载绵延存古风。
老树梨花横晓雾,高梁家燕诵书声。
白头闲话城隍事,青史犹传鼎甲名。
斯地自来多俊彦,帆扬楫启又新征。

二

柳绿桃红染淡烟,晨曦向我问春安。
梨花含笑及笄女,茅舍藏山疏界栏。
卉径风光频引诱,土鸡柴火太缠绵。
但闻树杪林间雀,可是为谁作代言。

三

逐梦青城春景明,梨花赛雪鉴深情。
盘桓书院瞻先觉,凭吊遗踪颂雅声。
炳蔚人文诗可赋,传承圣道意堪倾。
神飞翰墨流连处,瘦燕肥环韵正丰。

2020.4.12

宕昌山湾梦谷行六咏

一

巉岩绝壁蒸霞景，森列峰峦晨旭巅。
为有春来山卉妍，还兼梦醒白鸥翩。
潆洄高路通羌寨，期盼甘霖润野田。
碧草离离承泽惠，檐飞紫燕冒青烟。

二

曾经羌寨通秦塞，阻石封山老白头。
万仞千寻哀道险，五年三歉戚肠愁。
永怀公仆安民策，难报中枢济世谋。
流转陂田新入股，开颜村叟上新楼。

三

夕照融金染碧岑，云霓合羽隐长林。
新图半展传风信，故地初妆动客襟。
造得羌乡成秘境，还看古国续灵琛。
标高不废田畴梦，安可轻抛济世心。

四

耸身山谷旆旌摇，逐梦心潮动碧霄。
叶诵千林翻翠浪，江流百代化虹桥。
盘弓驰马征程远，揽月飞天云路迢。
纵使年光随逝水，政声诗韵自昭昭。

五

梦谷山湾桃李妍，春来好雨孕诗田。
云浮高岭重霄渺，凤落绿投①枝上宣。
且绘蓝图灵气绕，将摇铁臂白云绵。
腾笼换鸟兴羌寨，喜见田园在在芊。

六

永记深恩向太阳，和风雨露播芬芳。
山村擘画流光彩，羌寨蓝图谱乐章。
天道酬勤天语近，路开新局路绵长。
小康佳景频招手，地覆天翻慨又慷。

[注]①绿投，指投资参与山湾梦谷综合开发的重庆绿投公司。

赴宕昌道中

春风遍岭已知时，杜宇声催耕正宜。
地膜生岚凝白练，麦苗含黛捻青漪。
声闻布谷开犁早，丹染山原怨柳迟。
云物时新频换景，只缘车快赛乌骓。

2020.4.15

化马神石

[题记]南出宕昌县城四十八公里处有村名化马，道中有巨石矗立，名曰"化马神石"，212国道将其留于路中央，加以保护，勒石记之。岷江经流其下，《水经注》记载：羌水南流经宕昌国。可见岷江古称羌水。传三国时邓艾谋袭姜维于沓中，突巨石天降，挡于道中，艾军恐，遂退。姜维得以兵退阴平，百姓以为神石。红军曾在此留下足迹。诗以记之曰：

岩峰入翠微，春日乱斜晖。
神石擎羌道，龙河曳水矶。
长征留迹去，伯约护师归。
从此登山寨，明霞傍马飞。

2020.4.15 宕昌道中

夜宿山湾梦谷

回环山路入云端,西岭雪明生夏寒。
伸手恐惊河汉女,夜阑星宿散银盘。

2020.4.15

沁园春·宕昌山湾梦谷行

　　秀水高山,千古羌乡,引我兴游。正杏花披蕊,晨风带露;甘霖润野,嘉木妆畴。隐隐碉楼,幽幽石屋,古朴沧桑亮眼眸。云崖畔,近星空霄汉,消尽忧愁。　　今朝续写风流。念草木逢春萌故丘。任谷鸣山应,鹰翔鹞落;志宏行稳,魄壮魂遒。盛世躬逢,初心牢记,黎庶心中春与秋。同圆梦,对青山碧水,意绪悠悠。

2020.4.20

观山湾梦谷云海图

潮撼东君一夜来,山湾缥缈似瑶台。
陇头黍稷知何以,满眼田畴处处栽。

题耿汉先生画熊猫三首

一

淡墨竹参差，氤氲下笔奇。
杂花生细树，芳径觅幽池。
逸笔林泉隐，随更月影移。
从来修道气，艺苑众星随。

二

抱竹栖林下，温敦处子风。
缘何身态笨，却是本灵聪。
素练凌霜笔，分明黑白瞳。
只因池上见，逸墨显神功。

三

雍容藏本性，遁世远嚣尘。
月夜餐珠露，星曦浣晓筠。
抬头憨笨样，食竹鬼灵身。
画苑称高格，悠悠叹绝伦。

2020.4.21

望老柳怀左公①

昂然挺劲冠帷幄，根老皮皴纹壑横。
翠染新枝遗泽惠，恩怀故地望游旌。
绵绵绿意三千里，岁岁春风几缕荣。
追忆先贤声已远，浓荫柳下乐鹦鸣。

2020.4.25

［注］①兰州五泉山公园有古柳，人称左公柳。左公者，左宗棠也。

登卦台山三首

一

登临拜谒解春襦,苍莽山河望不孤。
卦柏象龙承斗极,天坛向日接云衢。
台浮瑞气冲鹏鷃,渭涌洪波动鹤凫。
太古仪容瞻拜后,梓桑还约再来无。

二

画卦台高旌纛扬,龙吟渭水自汤汤。
仰观俯察啼山鬼,设象推爻鸣凤凰。
混沌初开成一画,先天何待说三阳。
庶几息止风云怒,教化人伦意未央。

三

回环莽岭碧参差,极目开怀逸兴时。
蝶舞陇陂藏翠帐,鱼游渭水濯清漪。
龙图卦列云俱化,龟甲爻分鸟共窥。
探究阴阳仁义理,合乎天地启宏慈。

2020.5

夜来喜雨

夜雨宾鸿恰自来,欲吟所愧乏诗才。
一年佳景今犹是,连畛西畴好种栽。

2020.5.7

丹青引敬赠吴老辰旭先生

[题记]皇皇十二卷《吴辰旭文集》近日由东方出版社(人民出版社副牌)出版发行。余不揣浅陋,遵命题写书名,至为惶恐矣。

砚瓦伏脉屈杜授,赋骚华翰珠玑秀。
花甲不知春秋易,笔耕墨食仁者寿。
书生一介得天命,霜花满头力谁胜。
名成年少续古稀,激扬从来金声应。
洮黄东流岁月深,一波一澜自通神。
雪泥鸿爪腕底化,昆仑圭璋天下闻。
广陵散绝孰眼青,不意辐辏聚如星。
无暇托求难拂袖,五泉堂前吹笛笙。
噫嚱!
戚戚吾意为歌拙,作歌人也笨嘴舌。
翠柳紫燕高阳桥,陇头梨花连天雪。

2020.5.9

河滨步道行

层云变幻九霄驰,风静纹平河景宜。
步道幽明穿碧柳,竹林晚籁咏新诗。
浑圆卵石无须觅,舒畅轻行常有怡。
逐浪涌波随兴去,兰皋故我不相离。

2020.5.22 傍晚

日暮听山鸟

蛙鸣莺语绮霞侵,雀压新篁和好音。
日暮高枝惊野鹊,晚来小径走家禽。
生灵百态多难测,世事千般怎透参。
要问翻飞何处去,林深许是尔巢寻。

2020.5.24

夏雨初歇河边观水鸟

岚烟霭霭罩河声,雨洗新荣夕照明。
白鹭抟风吞食疾,鸬鹚搏浪入涛惊。
何当击水三千里,枉为裁云一世营。
无意飞鸿沧海志,只舒羽翼向清泓。

2020.5.24

无名草花咏(新韵)

[题记]办公室遗落无名草花一盆,余不忍其枯萎,遂浇以清水,除去枯败,孰料不日便发新叶,其叶碧绿如韭,高洁飘逸如兰,然较兰叶肥嫩。今见花开两朵,另有一茎含苞,花形如喇叭,分八瓣,花色粉红,极纯净,明艳超群,有清莲之洁;幽香暗发,有兰蕙之质;处瘠安贫,顽强而葆生命活力,有君子之风。乃喜而作此咏也。岁次庚子初夏,时新冠疫魔肆虐,余观此花常生希望矣。

遗隅处陋凭谁识,清水一瓢便郁葱。
荣辱不惊君子度,莲花本色菊兰风。

2020.5.25 午时

痛怀高财庭①君

乌兰凄雨黯诗林,九曲河声百感侵。
浅草行云惊妙咏,槐花映雪仰崟嵚。
崇文难坠丁年志,秉德宁移白首心。
应遣苍天不睁眼,如何哀痛泪沾襟。

2020.5.28

［注］①高财庭(1963—2020年5月),曾任甘肃省诗词学会常务副会长、白银日报社党委书记、社长。著名诗人、楹联家、作家。著有《浅草集》《槐英集》等著述多种。

水调歌头·铜城金岭公园

铜城有新景,金岭伴寻芳。茂林茵草,蜿蜒廊宇画雕梁。嘉木翠湖相映,舞步旗袍竞秀,芍药扮浓妆。登上魁星阁,胸胆更开张。　　展画卷,惊巨变,起苍茫。回思往日,荒野僻地透萧凉。慨叹丹青妙笔,擘画明山秀水,引得凤求凰。信步流连处,怡乐赋诗忙。

2020.5.30 于白银

白银金岭公园四首

一

朗润轻风金岭来，花荣草秀画图开。
湖光潋滟无尘俗，却是仙山梦里回。

二

盘郁回廊连晚亭，雕梁画栋散芳馨。
铜城赖此桑林乐，瑞气萦怀醉复醒。

三

芍药流丹浅草萌，何时雁阵唤归程。
旗袍舞秀冲花阵，问却铜山阴与晴。

四

崇阁巍峨快此风，挟香凝瑞动苍穹。
萋萋芳草埋幽径，柳动清波寻钓翁。

2020.5.31

秦州花牛镇南山兼寄杨声学长

山幽喧鸟语，树翠滤尘埃。
绮梦如花语，深情似水来。
樱红凭润露，友笃且衔杯。
半日清宁境，闲云自在徊。

2020.6.7

无名花再咏（新韵）

[题记] 此无名花经微友考证，系韭莲。昨日欣见韭莲又抽发新茎，皆含浅粉色花苞，数数有八九朵。今晨多半花已全开，粉瓣灿然，其色如荷花，似比上次开得热烈，似乎以这种方式酬报主人。有道是：德润万物皆有灵性，道藏千理俱含玄机。信哉斯言。因再咏以记趣尔。

抽芽破土星星眼，芳茎托蕾宛若霞。
粉郁馨香开二度，晶莹玉润数八花。
轻轻作色从容处，皎皎含情羞为夸。
未报凋残笺上字，何妨相伴案头茶。

2020.6.9

夏至前夕访临洮五首

一

平畴阡陌绿无涯，曲径莺歌小驻车。
我到洮州如醉梦，新朋旧雨乐农家。

二

郁郁山川洮水流，烟波浩渺意悠悠。
心随白鹭逐云去，兴许嘉时朋乐游。

三

登上凤台胸臆开，洮阳川里绣成堆。
莫言千古飞升事，到处名花云锦裁。

四

夏至洮阳丽日红，东山访道拜文雄。
深情最是盈盈盏，快意超然台上风。

五

历历晴川烟笼纱，西山幽径夕阳斜。
回看浅绿兼深翠，慨叹耕夫胜画家。

2020.6.20

游临洮卧龙寺

洮水流珠天地迥，白云邀我上西山。
盘龙栖凤岩藏寺，难舍尘嚣半日闲。

2020.6.20

夏 至

夏至晴空天最长，家山难忘背骄阳。
锄禾当午汗挥土，布谷声催麦上场。

2020.6.21 庚子夏至

酬山东刘洪昌兄赠篆刻

[题记] 今日下班时收到刘洪昌兄寄自山东的印章，不胜欣喜。时已长夏，陇头苍翠，万木新荣。余宅居无聊，将应邀为名山所题"厚山石刻"四字发于微信圈，不想引发关注，无计退迩。吾友刘兄，远居齐鲁，见到此四字，遂施以昆刀，刊之以寿山，传印蜕于余。观之，乃知兄引刀攻玉，刀法浑朴，已非一日之功。刘兄又令书陋名敝号以刻之，即日刻成，装于锦盒，数千里长途寄来，能不感动乎？

刘兄引臂裁昆玉，舒卷窗前岭上云。
二爨刀头风味好，笼中虎豹满身文。

2020.6.12 二爨堂灯下

夏至夜雨

万木欣荣祈太平,柔藤瓜瓞好心情。
骄阳转瞬藏云幕,夏雨翻成秋雨声。

2020.6.22 早上

兰山烟雨楼雅集得"登"字

[题记]今逢端午,又一个诗人的节日。诗友们登上兰山三台阁,雅集于烟雨楼,以诗赋纪念伟大诗人屈原,发思古之幽情。是日也,丽日耀碧空,翠柳招诗魂。莽莽兰山,苍翠如染;巍峨高楼,风传铎音;墨光焕彩,画韵流光;凭栏远眺,极目骋怀。万里黄河奔腾而来,千年古城尽收眼底。诗人兴会,激情奔涌,逸兴遄飞。临轩以"兰山烟雨楼,登高怀屈子"占字分韵赋诗。余得韵字"登":

缅怀屈子逢端午,烟雨楼台逸兴登。
淼淼洪波忧楚愤,离离兰草被垣嶒。
湘娥山鬼晨昏瞬,骚韵诗魂日月恒。
极目山川空渺渺,滔滔浊浪几时澄。

2020.6.25 端午节

拂霓裳·吴定川先生画花鸟

沐阳春,赞丹青七彩风神。花灼灼,宛如霞艳蔚昆仑。清芬和紫气,墨韵共烟云。卓无群。 燕飞飞,啼鸟脱凡尘。秋山更著,点厚重,染深皴。花卉引,蝶翻蜂舞乐欣欣。芳魂姿绰约,高格独超伦。出寰尘。叹吴君,宵旦总耕耘。

2020.6.28

夏日兴隆山麓村舍

青山碧嶂隐农家,瓦舍青堂上好茶。
羞涩毛桃承雨露,开颜刺蓟抹流霞。
悠然影动池中景,爽朗风吹陌上花。
探胜寻幽何必远,城东郊外近桑麻。

2020.6.29

于平先生《北方的牧歌》付梓

[题记]词作家于平,余相识有年,黝黑的脸膛掩饰不住似火的热情,曾执教于临洮一中。已出版了《东方的月亮》《西部的太阳》《南海的浪花》,以及《梦舞中华》歌词集。新著《北方的牧歌》即将付梓。贺曰:

云水襟怀霜雪历,真纯憨厚热心肠。
教坛执耳畦园茂,骚赋垂名诗韵长。
月上东山闻笛曲,羲临西部照昆冈。
牧歌又绿庭前柳,词苑新声梦绕梁。

2020.7.1

马鞭草

铺锦蒸霞数里开,风传芳阵蝶蜂来。
蛙声一片呼明月,走近闻香不用猜。

2020.7.3

黄河水车赞

东流万里永无休,逝者如斯几度秋。
斗转轮提留福祉,段家滩上著风流。

2020.7.4

波斯菊咏

风华点染不雷同,六月柔枝草本丰。
续续花开红粉色,青青摇曳到秋蓬。

2020.7.4

向日葵(新韵)

笑脸黄金送喜来,朝霞便上美人腮。
风情郁郁及笄女,趁好年华向日开。

2020.7.4

风雨欲来

南浦黑云深,长天挂帷幕。
河风奏素琴,雨点如锤落。

2020.7.5

珠帘卷·金城夏夜

流金岸,彩涛横。浑融璀璨边城。风动丝绦如醉,飞舟穿浪轻。溪岸水摇青影,重霄月伴长庚。多少古今雄业,踪迹杳,付空名。

2020.7.5

小暑日河上纳凉（新韵）

[题记]"倏忽温风至,因循小暑来。"今日小暑,炎炎烈日,似炉炙烤。随中国书法家协会副主席、西泠印社理事翟万益先生接待自西安来访之庞任隆君。兴酣,上河滨柳堤,于畅音阁品茗纳凉,接受中国兰州网专访,畅话泥封。庞任隆先生系西安中国书法艺术博物馆馆长、大秦封泥艺术研究院院长。应邀嘉宾还有西泠印社社员、中书协会员、著名书画篆刻家薛虎峻先生,中书协会员、兰州市书协副主席郎照玉,著名画家陈桂林等。诗曰:

乘兴追荫堤上茗,畅音阁下话泥封。
河声逐浪参差起,花气微熏自在莺。

2020.7.6

造访飞天别馆

[题记]"芳菲歇去何须恨,夏木阴阴正可人。"周日,应邀造访新落成的飞天美术馆兰州艺术交流中心,有幸同张津梁、石晶先生以及甘肃国画院院长、省美协原专职副主席李秀峰,中书协理事、省书协副主席尚墨,著名国画家、诗人陈桂林先生等品茗雅聚。佳茗墨韵神爽,妙境良辰怡情。其间为桂林先生藏山水中堂配联:"山高松欲静,水远径弥深。"此联虽由某所书,但联句由尚墨先生启上联,余补下联。余又为桂林先生藏松梅图中堂配联:"唯有暗香生旧梦,依然苍翠抱新红。"诗曰:

夏木阴阴暑日长,飞天别馆墨生香。
诸公意趣融樽酒,尽兴归来夜未央。

2020.7.6 晨记

寄语高考学子

华山岂只一条道，鲤跃龙门鱼变龙。
贡外骨亲无切盼，场中学子孰从容。
十年铸剑纯青火，终岁耕耘涧底松。
涤去前尘征路远，云开雨霁更高峰。

2020.7.8

古浪八步沙感怀三首

一

防风压草锁黄魃，三代愚公青史垂。
好汉应须昂首立，活人岂可被沙欺。
苍颜刻铸青铜色，嫩蕊纷披碧玉蕤。
四十年来云水路，传承接力志难移。

二

云舒七彩瑞祥天，瀚海无垠一脉延。
几度沙狂归雁阻，今朝风静绿波旋。
破锅钝铲铭严酷，绿树红花蕴紫烟。
百万林荫涂翠美，斜阳芳甸鸟翩翩。

三

名成八步连腾格①，绿染沙丘系紫微。
阻断黄龙红柳舞，铺排花棒蜜蜂飞。
细枝碎叶蓟花艳，散鸭笼鸡巽羽肥。
一派生机圆梦路，新村环翠动芳菲。

2020.7.11 晨

［注］①八步沙位于腾格里沙漠南缘。

古浪县古丰镇观油菜花海

祁连盛夏风光秀,更喜古丰铺绿畴。
锦绣高原丹手绘,金黄花海蜜蜂悠。
须眉忘返诗情涌,粉黛含羞倩影留。
心动山花攀步道,白云邀我上层楼。

2020.7.11

石榴花咏(新韵)

榴花似火欲灼人,碧叶柔枝绕翠云。
待到石榴开口笑,星移斗转又秋分。

2020.7.12

唐汪大接杏(新韵)

山陬院落绿丛中,半露短墙接杏红。
马巷农家车马闹,杏园摘采篾筐盈。

2020.7.12

过乌鞘岭再咏

古道西来草木荣,马牙高耸暮云横①。
牛羊不见秋风软,苍鹫盘旋夕照明。
犹念骠姚征战鼓,遥闻天马啸鸣声。
兵家自古咽喉地,高速而今车驾轻。

2020.7.11

[注]①马牙,即马牙雪山。见68页。

古浪西路军纪念馆(新韵)

山河带砺向昆仑,哀祭英灵天地暗。
古浪残阳凝碧血,祁连弱柳报丹心。
英雄虽死精神在,日月如新浩气存。
饮马湖边沙枣树,西风飒飒诉忠魂。

2020.7.12

过古浪县(新韵)

鞘岭岩峣车驾轻,通途逶迤沃原平。
风来红柳湾沙动,雨过黄花滩草明①。
东倚峡关天险阻,北连瀚海暮云横。
五星杨②茂英魂寄,祈愿无闻战马征。

2020.7.12

[注]①红柳湾、黄花滩皆古浪地名。②五星杨,又叫"红军杨"。在西路军当年鏖战过的古浪一带祁连山麓生长着一种杨树,其每一节树枝的截面是一个非常规则的、鲜红的五角星。

题凉州南城楼夕照（新韵）

层云落照渺重霄，昭武楼台话寂寥。
古道西风飞奔马，犹闻夜雨洗岩峣。

2020.7.13 晚

鹧鸪天·庚子洪涝

涨溢五湖泽国泱，北方炎日涝南方。横流市井楼庭毁，倒灌田园瓜果殃。　　时疫虐，又洪涝。苍天何忍庶民殇。撑船借渡滔滔浪，省却巴厘海岛航。

2020.7.17

飞天美术馆揭牌暨笔会（新韵）

飞天华彩尽欢言，画苑风光又一山。
漫诩留席酬远客，欣将鼓瑟效西园。
清时乐事丹青赋，自在逍遥翰墨缘。
新馆雅集新跨越，缤纷花雨润畴田。

2020.7.20

杨志印先生耄耋收徒[①]

仪态悠然扬寿眉,苍苍耄耋望期颐。
峰高白首商山好,笔健丹青陇亩宜。
秋水潭深珠露重,关河梦远玉颜慈。
瓜瓞绵续思恩厚,好是凤凰栖老枝。

2020.7.22

[注]①著名中国画艺术家杨志印先生八秩欣收临洮籍实业家李军为徒。

东乡风物五首

小 吃

风物东乡美,平伙实莫加。
蒸笼羊肉醅,盖碗冰糖茶。
树上鸟三只,崖前人几家。
盘桓不愿去,已见日西斜。

风 物

锁南梁上秀,绿树瑞霞天。
山色流云外,花儿心上牵。
还思银匠碗,每忆擀毛毡。
鹧鸪双飞去,离离意态翩。

浆水面

馓饭凭浆水,爽凉暑气祛。
清心滋齿秀,降火过肠舒。
苦菜毛芹配,韭花长面誉。
家常终不厌,远客赞安如。

唐汪杏

峻绝东乡路，唐汪势渐平。
金黄碧叶托，翠玉眼眸明。
抱水山无阻，传经寺有声。
茶香尊客厚，揽辔语含情。

雨　后

夏雨山原洗，初晴兴未阑。
山花明霁色，碧翠盖崖丹。
雀鸟闲相语，轻云定里看。
祁牙茶饭好，归去且盘桓。

2020.7.25

金城关晚眺

铁桥融暮色，白塔矗崇峣。
九曲流金抹，重霄错彩描。
浮云笼荠树，紫塞过嫖姚。
浩浩长河逝，轻风奏玉箫。

2020.7.31

秦安二首

时　风

时常清梦绕，陇水自朝东。
高铁来回便，鲜桃贸易丰。
人情崇简便，翰墨务虚功。
快手成新宠，白头追网红。

2020.8.2

兴国中学

庠序秦山下，河声伴诵声。
陇川书院古，兴国校名宏。
瑶草琪花育，浑金璞玉成。
滋兰崇德训，树蕙集群英。

2020.8.3

庚子立秋

自古悲秋多寂然，新凉浸枕梦云天。
长亭笔墨留归雁，还待东篱赋菊篇。

2020.8.7 庚子立秋

桃园之乐二首并序

[题记] 阿楠、银平君陪有德先生自泉州抵陇，旧雨新朋，畅饮于大河之滨、仁寿山麓之桃乡农舍。是日骄阳，时虽立秋，中伏暑气尤盛。位于桃乡安宁西缘黄家滩之世外桃园农舍，隐于老梨枣树浓荫中，园中桃树，枝条低垂，累累挂着硕大的白凤桃，十分诱人。朵朵白云紧贴树梢，快要滚进轩窗。友人赞叹，这里的确是纳凉避暑的绝佳处所，世外桃园之名确当。已而风来树摇，云层带着雨珠，一颗、两颗、三四颗撒落下来，落在花叶上，啪啪脆响。云动，树响，风爽，雨润，恍惚有时空交错之感。天地万物，光阴过客。浮生若梦，苍生几何？况桃园惠我以清凉好景，柴灶假我以美味鸡块。品凤桃之馥郁，叙友情之乐事。"俊秀惠连，高谈转清，琼筵羽觞，不有诗作，何伸雅怀？"故咏为二章。

一

立秋中暑盛[①]，远客宴桃园。
树老遮茅舍，云低垂绿轩。
青藤生翡翠，雅阁列盘飧。
太白当时乐，飞花醉月樽[②]。

二

桃园名世外，地僻远廛尘。
山气朝来爽，溪流日向淳。
殷勤逐杯酒，疏索故交亲。
宴我青云客，垂杨羌笛新。

2020.8.8 于兰州安宁黄家滩桃园

[注]①中暑，即中伏。②太白、飞花两句：指李白春夜宴桃李园。

再访兰州碑林二首

一

峣峣崇阁耸，仿佛与天平。
城阙四围暗，黄河一线明。
青峰苍翠起，碧瓦蜿蜒横。
翰墨因缘誉，千秋留正声。

二

秋高佳气爽，北岭访碑林。
坪草妆园倩，藤荫遮院深。
博通风雅主，丹染唤鸣禽。
向晚还归去，且为梁甫吟。

2020.8.18

过永登二首

一

故地永登衔市廛,小楼掩树有人烟。
一池碧透舒云锦,快活虹鳟献美筵。

二

鸟唱高林鹰带风,山乡雨霁绿葱茏。
长天廖廓飞轻絮,金蕊清芬陌上红。

2020.8.23

初秋(新韵)

秋山披翠浴霜风,望断天涯一叶同。
历尽沧桑胸意阔,云舒碧野意从容。

2020.8.24

孟秋访青城

拈"乡"字韵

崇兰漠漠起苍黄,炳蔚人文风雅乡。
玉坠一条城阙固,弦张九曲韵悠长。
斜阳旧巷秋禾晚,夜雨新荷绿蚁香。
斯地由来多俊彦,青云更喜驻龙骧。

高氏祠堂

漠漠停云堤上树，轻骑陇阪趋崇府。
风传雅范螽斯育，雨润清辉麟趾乳。
渤海鹏飞垂大翼，兰垣雏奋振金羽。
光前裕后凝魂梦，叶茂枝繁皆入谱。

谒城隍庙

拜谒城隍犹未迟，风和槐茂舞新枝。
心中有佛堂前母，膝下祈神供庙持。
常感世间忠烈曲，每牵骚客水云词。
威灵岂胜书文力，耕读传家常不移。

罗家大院

佐证兴衰存府弟，遗风百代世人尊。
砖雕黛瓦苔痕萎，画贴明窗岁影暄。
趋步高堂看古训，侧身大道仰崇门。
等闲惊破春秋梦，一抹残阳绿树昏。

东滩三首

一

蝉弹翠幕晓烟横，潋滟湖光荻色荣。
影乱清波浮野鹭，长堤柳动待秋声。

二

蒙蒙细雨袖襟寒,欲钓东滩荷箭残。
菡苕最怜珠泪坠,扶藜放眼望崇兰。

三

淡染浓妆动客心,丝丝雨注浸蝉音。
鱼潜湖静莲蓬动,隐逸南山闻素琴。

2020.8.30

雨中游二龙山寺

漫循东滩径,寺隐二龙丘。
积雨鉴云动,无花碍雀留。
空台唱山鬼①,湿褐念莲舟。
幽境实难得,迷离醉眼眸。

[注]①山鬼,即一般所说的山神。时细雨迷蒙,同游者张克复先生跨上戏台清唱。

青城书院

振翮高天雁阵声,崇文兴教播芳名。
菁莪造士培梁栋①,朴槭成才擎纛旌②。
九畹滋兰兼树蕙,百年嘉木报鸣嘤。
弦歌被化铭三陇,伟业千秋德范闳。

2020.8.30

[注]①菁莪,《诗·小雅》中《菁菁者莪》篇名的简称,此指育才。②朴槭,《诗经》作棫(yù 域)朴,是两种树木,意谓人才众多。

五七庚祝

徒然花甲近,明月照清泓。
最惜真诚谊,常恨奸佞行。
诗笺流逸韵,池砚磨金声。
君子崇不器,围城欣晚晴。

2020.9.4

新婚咏①

红碧许芳华,鸳鸯映茜纱。
和鸣珍此夜,共宿育春芽。
阵阵云烟渺,飞飞羽翩遐。
芸窗长顾眷,鹣鲽伴霓霞。

2020.9.5

[注]①应陇上吟·同题"月旦"评约稿。

白露寄怀

白露凝萧肃,征鸿去影高。
枝斜裁玉镜,岸阔卷河涛。
宿愿金风寄,空庭霜鬓搔。
还看秋实美,夙夕莫辞劳。

2020.9.7 白露

阜里小酌

细雨如丝云幕收,相逢阜里乐勾留。
坛开老酒容颜醉,座上春风意绪悠。
翠袖早酬知己泪,白头还为爱郎忧。
征鸿有梦慕清影[①],常赋新诗作远游。

2020.9.13

[注]①慕清影系诗友笔名。慕,出律不改。

再访古浪八步沙

浣溪沙

八步沙前红柳繁,芳菲满眼蝶蜂翩。常怀老骥壮心坚。 三代愚公磐石志,终生心血绿沙滩。山川绮梦入华笺。

鹧鸪天

八步东风吐蕙芳,黄沙退去换丰妆。蜜蜂蝴蝶激情涌,红柳柠条意气昂。 花解语,棘生香。愚公三代写华章。斜晖草甸云霞蔚,喜看高枝立凤凰。

南歌子（依周邦彦）

转瞬乾坤暗,狂飙白日残。故园无助泪阑干。梦想红花瑶草、要几时还。 豪气连云卷,锄头带月寒。壮心鏖战未离鞍。斩断黑龙头颈、卫我家山。

2020.9.15 再访古浪八步沙

过凉州

碧野平畴正仲秋,轻云向晚过凉州。
崇文学馆钟鸣久,昭武楼台夜露稠。
乱水斜阳浮锦绣,凌空天马引骅骝。
征途绮梦沧桑在,依旧石羊西北流①。

2020.9.18

[注]①石羊,即石羊河,发源于祁连山自东南向西北流经武威境内的内陆水系。

无 题

由来世态变炎凉,四季山川衡换妆。
快意春风驽马疾,夷犹秋雨碧桐伤。
寒凝大地关河阻,袖舞长空朔雪狂。
应信人生非是梦,苍颜笑对镜秋霜。

2020.9.18

声声慢·游张掖湿地公园

甘州佳处,水映祁峰,停停走走看看。荻花桥上留影,咏赏岚烟。晴湖澄明靓美,细鳞惊、波荡波翻。落照里、鸟飞飞相呼,秋鸭娴娴。　　幽径莲蓬凋漫,老柳下、红裙舞步翩跹。慢动轻车环翠,碧叶田田。惊奇此间静谧,竹丝悠、光影飞旋。旅途上,记斯游斯地,赞赞叹叹。

2020.9.22

鹧鸪天·夜宿丹霞小镇

紫草兼葭集白鸥。谁携古镇落甘州。丹霞揽胜驻香榭,碧水垂纶归晚舟。　湖浸月,枣妆秋。看花独占小帘钩。芳馨淡衍犹如梦,薄暮悠然何所求。

庚子仲秋

[注]①丹霞小镇,在张掖市临泽县与肃南县境内。

高台西路军烈士陵园祭

弹雨洞穿旗纛扬,英雄铁血洒疆场。
抛颅征战忘生死,浴火涅槃鸣凤凰。
赤胆熊熊留白骨,精神穆穆祭甘棠。
且将兵事营田舍,试遣雄词化稻香。

2020.9.23

清平乐·登兰山三台阁二章

一

三台霞蔚,莽野秋风起。索道飞升人共喜,鸣鹤盘龙希冀。烟雨又洗前程,黄花带露清馨。红叶霜亭待晚,山川极目新荣。

二

兰皋尘表,极目河山好。俯瞰黄河兮浩淼,望断东南长啸。一脉圣境清秋,引来骚客吟讴。正寄高翔雁阵,衔我词藻宏猷。

2020.9.26

兰州诗词学会揭牌

故郡金城地,边声播四方。
兰皋风色好,白塔霓霞长。
箫引千秋梦,诗留一段香。
古来多雅客,今日续华章。

皋兰县诗词学会成立(新韵)

石洞秋光好[①],和风惠什川[②]。
兰馨蜂攘攘,梨老鸟翩翩。
莲社新生态[③],灵峰旧景观[④]。
吟坛添妙境,纵笔种诗田。

[注]①石洞:石洞寺,皋兰县城所在地。②什川:皋兰县什川镇,有百年老梨树。③莲社:东晋名僧慧远居庐山虎溪东林寺所结成的一个文社,因寺内有莲,故称莲社。④灵峰:灵峰寺,在皋兰县境。

阳关吊古(孤雁出群格)

紫塞苍茫接汉关,长云明灭锁祁连。
秋风载酒胡杨醉,玉露承盘星斗悬。
欲问鸣沙天马后,遥观落日驼峰前。
泉因御酱征夫泪[①],万古悲伤梦里圆。

2020.10.2

[注]①御酱:据《汉书·武帝本纪》记载,公元前121年夏天,霍去病从居延南下,打到小月氏,大败匈奴,汉武帝赐酒一坛,霍去病倾酒于泉,与众将共饮。酒泉由此得名。

鹧鸪天·世琦兄招饮屋顶花园

漫向溪山觅丽踪，楼台藤叶比花红。星旗映日秋光里，好梦牵魂杯酒中。　　琼浆满，玉盘丰。金樽高举忘穷通。芳菲落尽霜颜醉，留待诗家望断鸿。

2020.10.2

鹧鸪天·浪街①

如约金风洗碧空，浪街游兴意无穷。参差野色长廊外，馥郁秋香流水东。　　平仄韵，古今风。闲成芜句校工通。精研墨渖调诗酒，黄土窑前琢玉功。

2020.10.7
于榆中小康营浪街村

［注］①浪街，为榆中县小康营乡一个古村落，距县城十里。经过改造开发成为一处乡村旅游休闲网红打卡地。

浪街秋兴

浪街名已久，处处景深藏。
望野芊芊紫，连畛坰坰黄。
风情妆雅古，秋色发幽香。
今作登楼赋，凭栏一咏觞！

2020.10.12

临夏风雅

人说河州①好,花儿与少年。
流清原野润,木秀鹧鸪翩。
雅韵承今古,和风化山川。
更添骚客意,椽笔谱新篇。

2020.10.17

[注]①临夏,古称河州。

随翟万益先生飞无锡机上

[题记]银鹰送我到无锡,絮云低,浩水长。展翼碧霄,瑶池渺,云飞扬。舷窗下,阳光明朗。河山锦绣铺新翠,壮美神州起宏图。江南漫兴,幸随先生颉颃,情倾九曲肠,千万里来,岂为寻幽探胜。简牍经卷,谐律宫商。遥寄千年丝路,壮思藏经敦煌。叹蜉蝣一世,讵料世事苍茫。俯仰长天之辽阔兮,吟云水之诗行也。诗曰:

一

云海浮槎仙有无,迷茫缥缈固难殊。
心开天籁沉浮起,勤拭尘埃握智珠。

二

银燕排云鹏翼轻,升腾紫气向南行。
梁溪万里长湖静,陇阪三千大漠横。
茶嫩明前龙井鲜,蟹肥霜降澄湖盈。
相期旧雨新朋会,换盏行觞雁阵声。

2020.10.25

[注]澄湖盈三平尾,不改。

蠡湖之畔

[题记]下榻蠡湖之畔,凭轩而望,湖静美而帆远,山尚翠而斑斓。思接万里瑶池,对月遥寄汉塞。柔美蚕丝铺成锦绣丝路,敦煌写经、流沙坠简,千年回流反哺。纪念藏经洞发现一百二十周年,太湖山上,弹奏阳关三迭。反弹琵琶兮豪情赋咏,飞天缥缈兮温情脉脉。幸甚至哉,得闻群伦之妙论,方启吾思;赏渔火之唱晚,飘飘而欲醉。欣而得诗曰:

露洒秋香细细风,霓霞缥缈映长空。
纹平波静虾鱼美,品富饕餮螃蟹红。
美酒流光开盛宴,澄湖映碧胜蟾宫。
梁溪故地思吴伯,丝路而今九域通。

无锡之思（新韵）

一到无锡感念生,诗朋书友欣相逢。
专研古简鸣沙坠,重赏经书大漠惊。
此去河西三万里,常思漠北九边兵。
江东薄暮烟霞色,遥祭阳关落日红。

蝶恋花·月夜无锡

[题记]飞往无锡,拥抱江南葱翠;酒醒太湖,赴明月波涛之会。向往锡山落日,神驰梁溪泉清。万里江河曾渡,三生未了之缘,谁引评弹三弄。仰望弦月出云岫,俯瞰江流婉转。耆宿群彦,相会之欢;美酒盈樽,情缠绻也。词曰:

月落湖山还寄兴。共此良宵,故友相逢迎。窗印芝兰花弄影,诗翁远去瓜洲冷。　万里梁溪情共永。参拜灵山,妙入神仙境。瓶洒观音真水净,拈花一笑听钟磬。

赴无锡参加敦煌藏经洞发现一百二十周年国际学术研讨会暨写经书法展

百二年前幽洞开,梁溪今日为谁来。
学林心事忧千岁,翰墨风神酒一杯。
汉简鸣沙翻白鹤,唐人写卷挟惊雷。
毫挥腕底江湖月,瑞霭祥云正自裁。

2020.10.26

观柳江南书法展

[题记]旅无锡恰逢军旅作家、诗人、书法家柳江南书法展,应孙璘先生邀而参观。笔挟风雷,气象壮阔;取法高古,书路宽绰;富于变化,入古而出新,开合而有度。翟万益先生大加赞赏,认为是用思想写字的典范。媵以诗云:

将军儒雅恋书斋,奇趣含章掩绿阶。
擘笔春山秋水醉,襟怀明月惠风偕。
轻云珠露东篱菊,淡墨诗魂故里槐。
大块烟霞培浩气,胸中丘壑壮天涯。

2020.10.26 夜于梁溪客次

临江仙·天柱山

万亿身躯伟岸,嵯峨横断南天。巉岩高耸吐新莲。挂枯松绝壁,悬石动峰巅。　历尽风尘未染,天潭流瀑丝弦。神明当不弃人鬟。云霞裁绮梦,玄鹤化飞仙。

八声甘州·秋访碧山

[题记]千万里东来,遥望黄山绝峰出尘;黄山之麓,有古村落,名曰碧山。漫步数百年老院,黛瓦连云,素壁映雪。坐于石盘,仰观天井,几陈书香,蕉叶蔽天,枝压橙黄。沉浸半日,浑忘尘嚣。从阳光耀庭,到浸透黄昏。置身碧峰古镇,忘却世间浮华,方品菜根之有味;涤除浊虑,应知利欲之无聊。夜色漆黑而宁静,河声静谧来入梦。晨曦隐现云门宝塔,水田雾笼三两头牛。稻田橙黄如蜜,鸟鸣清脆婉转。几多骚意诗情,油然萌生。乃吟而歌之曰:

　　路绕峰转一线开天,莽苍好清秋。望群山如黛,畴平镇古,斜照当楼。处处橙红林翠,苒苒竹篁修。如镜章河水,平静东流。

　　素壁苍苔遗韵,石径连木阁,眉目难收。愣凭盘桓去,何事久淹留。想当年、读耕门第,更几回、游子识归舟。斜晖转,暮云横处,寄兴孤鸥。

2020.10.27 碧山

过安庆

[题记]庚子三秋,余自无锡往潜山,途经安庆。

　　万里涛声浪拍天,秋风送我大江边。
　　迷离雾霭船帆隐,浩渺澄波语意绵。
　　斯地宜城开气象[①],潜山恨水笑因缘[②]。
　　皇皇青史云烟卷,南北虹桥一线穿。

2020.10.28

[注]①安庆古称宜城。②著名作家张恨水生于潜山,著有《啼笑因缘》。

凤凰台上忆吹箫·诗与远方
天柱山鹿苑篝火晚会赋

万里秋光,倾情天柱,诗心化作云裳。真个是、山川毓秀,群鹿鸣场。翠岭竹林小调,云间落、白鹭翱翔。斜阳晚,难舍最是,诗与远方。 携来友侪共舞,篝火旺,激情奋发高吭。阑珊处,举杯畅饮,烤肉飘香。纵是鬓霜镜里,输一段,潇洒疏狂。无须醉,谁不忆少年郎。

2020.10.28 夜于天柱山

诗与远方潜山诗会

霜浓西野作长游,兴会潜山正杪秋。
画卷徐开林壑隐,诗囊偶得菊香酬。
同餐晚籁生华翰,共度良宵转斗牛。
欲为野泉神鹿饮,余霞灵草寄虚丘。

2020.10.29 于九牧鹿业

潜山观鹿

修篁叠翠势冲天,群鹿回眸信有缘。
一道清溪鸣石涧,数峰青岭矗云边。
景幽林蔚尘氛远,声寂山空野卉妍。
如若坡公今尚在,隐居斯地得高年。

2020.10.29 九牧皇家鹿苑

登天柱山（新韵）

抖落龙鳞一柱封，尘埃洗尽玉环升①。
石悬绝顶石疑动，鹤驻苍松鹤亦惊。
神秘谷中藏秘境，度仙桥上访仙踪。
青云助我登天路，万仞之巅气荡胸。

［注］①玉环，待开之莲花。天柱顶峰亦称莲峰。

天柱山小叶珍珠黄杨

［题记］在天柱峰绝顶，生长着一种珍珠黄杨。高不过五尺，粗不盈握，叶小呈紫红、黄绿色，对生，厚革质，有光泽，卵圆形，形似一片片鱼鳞，圆润晶莹如玉。细枝寸许，韧硬盘曲如铁丝。盖因山风浩烈，虽千百年不易长成耶？

黄杨生石隙，翠叶细离披。
百载难成树，千年还是枝。
寒云常做伴，冷雨总浇帷。
不惧狂风折，当惊造化奇。

2020.10.30 天柱山

二〇二〇年武汉·中华诗词学术论坛感吟四首

一

黄鹤楼台任我登，骚坛雨露沐江陵。
诗人兴会千秋继，华夏文魂万代承。
浩瀚佳吟歌楚韵，飞扬豪气展鲲鹏。
长风驱疫南天碧，欣看曾经不夜灯。

二

江城兴会识群伦，倾耳诗坛宏论真。
黄鹤楼头歌浩浩，白云阁下草茵茵。
唐风宋韵传寰宇，北雁南鸥过浦津。
同道朋侪多感慨，霾消疫去楚天新。

三

沙鸥鸿雁聚江城，黄鹤归来紫气生。
皓首青丝镌雅韵，朝晖夕月共晴明。
神追崔李诗怀壮，觞醉湖山草木荣。
钟吕交鸣弘大道，骚坛盛举写峥嵘。

四

金风珠露喜澄清，夜色江城秋月明。
锦织霞裁三镇靓，帆悬舰驶两波平。
漫闻晓角吹霄汉，尽赏凤声鸣楚荆。
难忘谆谆言厚意，同歌一曲壮新程。

2020.11.2 于江城客次

登黄鹤楼（新韵）

长江浩浩水云间，登上斯楼望楚天。
芳草千年新雨露，晴川万里好江山。
欣闻巷陌陈罗绮，遥寄琴台奏管弦。
黄鹤归来不再去，骚人奔泪洒青衫。

2020.11.2

临江仙·武昌红楼夕照

夕照红楼幽径，蛇山松柏森森。长江浩气入青襟。剑胆斩涎祸，开启中华门。　　铁骨柔肠霜雪，啸歌谁与长吟。鄂军都督未知今。共和旗五色，飘过楚江浔。

2020.11.2

访抱冰堂

迭翠斜晖照旧裳，冰堂静坐显沧桑。
难酬绛帐惊时变，怎奈英雄捐国殇。
黄鹤鸣空悲逝水，青松匝地报严霜。
名垂宇宙千秋后，波映崇楼鸥鹭翔。

2020.11.2

武昌东湖（新韵）

泽畔行吟屈子渺，波光潋滟与天齐。
千秋调蓄平江汉，百岛相衔赖帅堤。
谁解白云留去意，归来黄鹤最相宜。
世人都道东湖好，留下声名已胜西。

2020.11.3

[注] ①帅堤，指张之洞曾主持兴修堤坝，东湖初具规模。②朱德五十多年前写下"东湖暂让西湖好，今后将比西湖强"的诗句。

记者礼赞

[题记]十一月八日，又一个记者节。作为曾经的记者，永远要记着这样一个用笔记录时代的群体。并为他们礼赞。

辛勤蜂酿蜜，采得百花香。
一管如椽笔，三千毛瑟枪。
铁肩担道义，辣手著文章。
愿做船前哨，征程照雪霜。

2020.11.8

鹧鸪天·答苏志文老师赠寄花生

[题记]青城诗家苏志文老师试种花生成功，觉得口感不错，执意要寄点，让我尝尝。却之不恭，应允了。今日从菜鸟驿站收到一个小包裹盒，约一市斤左右，上写"种花生"。知苏老师满共才收获一小筛子，也不过五斤左右吧，而待余至厚。故以拙相酬，以表谢忱。

礼尚鹅毛千里酬，花生径自秋光邮。风尘百里骥骐驶，包裹才从菜鸟收。　颗粒小，品质优。难为汗水洒田畴。积肥耙土临风雨，总把希望寄好秋。

2020.11.13 晚于二爨堂

附：苏志文老师应和

[题记]苏志文老师连夜和拙，灯下作《鹧鸪天·步张平生先生答余词》。

两捧花生何须酬，礼轻倒赚重仁邮。圆通翌日金城驶，微信瞬间玉韵收。　听事小，耳餐优。鹧鸪翩振动天畴。与君嚆矢觞风雨，辛丑鞭牛约大秋。

2020.11.13 晚于苏氏桃园

《飞天》杂志七十华诞（新韵）

神州一纸春，七秩竟缤纷。
万里风霜劲，重霄雨露淳。
欣看原野翠，更喜陇花新①。
续展鲲鹏翼，松筠共此珍。

2020.11

［注］①《飞天》杂志曾用名《陇花》。

《张化麒书法集》出版

书道谦谦体性柔，椽毫挥洒著风流。
消磨案牍甘和苦，经受黉门春与秋。
逸气高怀摇月影，莲心清露润田畴。
时丰岁晚留青住，倩挂斜晖谋远猷。

2020.11.23

敬步马凯先生《翘首待好诗兼贺中华诗词学会五代会召开》二首

一

诗脉千秋继，山川奏雅声。
歌翻江海韵，词颂世间情。
玉笛梅花落，青莲逸气萦。
神州遗大泽，百鸟应时鸣。

二

好雨滋川岳，重霄起凤声。
江山千古景，律韵百年情。
华夏春风度，良宵诗梦萦。
兰皋观雁阵，玉笛共和鸣。

2020.11.25

附：翘首待好诗兼贺中华诗词学会五代会召开

马　凯

时代风云事，人间爱恨声。
罗胸生意境，信笔涌真情。
气畅清泉落，弦谐雅瑟萦。
齿香别有味，心动自和鸣。

欣得石松兄为二爨堂制印

二爨堂添玺，苍茫朱白分。
惊沙摧海岳，镌石奏刀文。
冬夜春风度，青田玉笛闻。
还兼秦汉韵，笔墨起祥云。

2020.11.28 晚

汉画像篆刻寄王东有先生

籀篆接千古，刀锋起汉风。
山奔同海立，沙走带雷攻。
月冷青田度，霜寒抱榻融。
忘盦边塞韵，烂漫自神通。

2020.11.28

浣溪沙·柳堤观澜

一径寒烟笼画屏，长堤衰柳数枝青。雪花飘落望河亭。　空冷涛翻惊水鸟，河深鳞觅逆凫翎。忽闻远岸踏歌声。

2020.12.1 晨于黄河之滨

增祥先生千金出阁往贺

高速驰奔冬已深，陇陂雪画嫩寒侵。
秦安就我生春色，故友欢颜见客心。
美酒金樽兴盛府，珍馐馈玉奏鸣琴。
期年索共桃花笑，粉蕊繁枝半不禁。

2020.12.16 于秦安

清平乐·陇中隆冬行三首

一

木枯如骨,藏薄山陂雪。心事男儿何似铁,谁道几番通达。乡野炉火嘘寒,空留雁去空山。回看芦花态度,细听曲水无端。

二

吾心安处,款语悠悠叙。耐候东风消息误,休道凡尘如许。向晚雾霭烟蓑,枝头喜鹊腾挪。旧雨新朋情绪,忍教别恨消磨。

三

寒林衰草,怕甚秋光杳。过尽红尘人易老,莫恨闲愁烦恼。任尔点亮心头,桃花依旧酬眸。遥忆渭川秋水,此番又过秦州。

2020.12.16 秦安

冬至遐思

谁转时轮日影长,一从开九始回阳。
嚣尘蝶梦装真假,安步蛰居知暖凉。
枯坐闲抛鱼目混,行藏用舍素羹香。
东风蓄锐终何所,消去坚冰且咏觞。

2020.12.21 冬至

庚子冬至欣证冰室收徒

兰皋已见零星雪，待放寒梅萌碧丛。
星月转轮圆宿梦，银毫入海起蛟龙。
浥尘朝雨添禾壮，裁柳东风吹苔红。
好墨新醅携远道，欣闻老骥再嘶风。

2020.12.22 晨

江山如此多娇——顾军、张巨鸿毛主席诗词书画作品展

千秋墨韵传神远，梦绕魂牵久久功。
砚引平湖蒙细雨，毫挥大漠扫罡风。
霜林落照斜晖晚，壮士开山笔势雄。
莫道夕阳人未老，沁园春景现飞鸿。

2020.12.28

岁杪杂感

剩历如蝉翼，山川冷色稠。
霜花衰古道，寒草寄沙鸥。
镜里银丝白，梦中荒事悠。
春潮冰下涌，诗在柳梢头。

2020.12.30

元旦寄语

元日彤彤福照明，山河焕彩旭晖迎。
新程满载安康梦，一驭东风万里行。

2021.1.1

庄浪诗词学会成立

梯田平似镜，好雨绿芽生。
宝地丰仓备，长河远梦萦。
高歌来作赋，击筑应和鸣。
笔共春秋颂，关山照眼明。

2021.1.1

元日赴庄浪道中所遇

[题记]新岁元日，一行数人赴庄浪，因所乘车驾燃油耗尽，喘喘熄卧于高速道中，犹低血糖病人腿软力竭，又似卧槽老骥作哀鸣状，幸得交警救援纾困。因以为记耳：

晨晖初照东川阔，水瘦山寒紫陌深。
驽马风尘难尽力，卧槽车驾最揪心。
轻拖硬拽羞殊众，低上高乘惊在岑。
犹忆警援情不浅，时生感动作沉吟。

2021.1.2

元日水洛城①

斜晖浮远黛,水洛城有流。
乡土抟常厚,诗书学始优。
风骚时代育,翰墨栋梁酬。
仰望吴山古,楼头飞白鸥②。

2021.1.3

[注]①水洛城为庄浪县府所在地。②吴山,为吴王坟山,南宋抗金名将吴阶墓所在地,位于庄浪县城北塬。

题华家岭雪景(新韵)

玉屑落纷纷,苍茫迷鸟痕。
谁将童话塑,已蕴半分春。

腊 八

驱寒有酒嘉平宴,藉此空心待日晞。
朔雪无妨鸿运送,腊梅乘兴凯风依。
尤须虎踞壶觞满,确应年关鸡豕肥。
慢火熬粥熬岁月,苍颜何以报春晖!

2021.1.10

"砚田文心"非遗精品洮砚传拓题跋艺术展

墨客骚人咏砚歌，偏如今日赋题多。
雕工幻化金台列，传拓生辉素壁罗。
紫气祥光开胜境，鸭头丰韵荡春波。
风云际会知音赏，雨润秋高霜雪何。

2021.1.17

大象无形

大道迷蒙问起由，犹如橐龠鉴玄幽。
初开混沌时空宰，始奠乾坤天地浮。
福祸无门身外事，盈亏有度宇中球。
推移四季操谁手，桃李不言溪自流。

2021.1.24

立春前夜鼠牛交值

将登新岁盼牛昂，鼠检行囊几泪眶。
冠疫毒龙犹未悔，河山带砺只寻常。
孰忧天道庸人扰，总为斜阳落日殇。
万事悠悠随尔去，寒凝从此孕泱泱。

2021.2.2 夜

迎小年

山川萦瑞气,紫燕报春来。
初日和风度,冰河铁马开。
铜壶煮残腊,快手接新梅。
待折鹅黄柳,携君上三台。

2021.2.4 小年

报苑春晖兼寄牛年新岁①

紫燕衔梅早,金牛挂鞅依②。
网端传福讯,笔下涌珠玑。
九转③佳醇酿,千流顺境归。
乾坤浮瑞象,草木报春晖。

2021.2.6

[注] ①辛丑牛年除夕参加新甘肃网和九粮液酒业迎春笔会而有此吟。②挂鞅,指一头套在牛脖子上,一头掌握在驾驭者手里的皮带。③九转,指九粮液酿酒复杂的工艺流程。

观"情系敦煌·段文杰、段兼善父子作品展"

守望敦煌逾甲子,迎来著述等身酬。
楼头星月丹青照,腕底风神党水流。
五色灵花临更艳,千年壁画护才优。
漫天红柳萌霜雪,古道阳关正好秋。

2021.2.10

鹧鸪天·题友人微信盆花照

珍赏明轩簇簇新,清香缕缕慰闲身。初晖梦醉萌抔土,碧玉妆成爱故邻。　怜瘦影,戴春巾。今朝设色几停匀。伊心缱绻还如故,酬我堂前原隰盆。

辛丑牛年正月初一午后

步王传明先生《辛丑新正初五日拾艺学堂雅聚》

华梁鸣紫燕,拾艺聚兰堂。
幽赏神思动,高谈志气扬。
同声相呼应,百业合分行。
翰墨常圆梦,心潮共月光。

附:王传明先生《辛丑新正五日拾艺学堂雅聚》

辛丑方初五,应邀聚一堂。
诗歌各吟咏,墨彩共飞扬。
送鼠全无忌,吹牛都在行。
依依挥别处,穹宇闪星光。

辛丑新正五日

祝岁二首

一

常书福字常祈愿，宿墨新红寄意真。
拜祝春风鸿鹄志，凭添岁首感怀因。

二

墨韵新添意气佳，祥光瑞彩寄朋侪。
福缘善庆常为善，添得如金爨底柴。

2021.2.10

早春吟

寒冬已尽甚匆匆，阡陌依稀绿映红。
小调吟成融雨水，长河浪起驭春风。

2021.2.18 辛丑雨水

南湖春宴

吉时逢上九，浅饮到南湖。
琥珀斟杯满，人生味况殊。
春风传好雨，明月寄欢娱。
聚散常如梦，青山在一壶。

辛丑正月初九

惊闻耿汉先生辞世①

龙门鲤跃禹山关,穆穆高风九阙攀。
狮吼唐宁梅相府②,鹮翔英美水云间③。
丹青竹石伤心泪,黑白熊猫满目斑④。
老病孤舟何忍去,倏然玉帝点朝班。
2021.2.23

[注]①耿汉,字禹山,1932年生于陕西韩城龙门镇,2021年2月去世,享年九十岁。历任《西北画报》创作员,甘肃日报文艺部、总编室副主任,甘肃省美术家协会副主席,中国美术家协会会员,甘肃省书画研究院常务副院长。擅版画,晚岁以中国画熊猫名动天下。②唐宁梅相府,指前英国首相梅杰官邸唐宁街十号。20世纪90年代初,著名鸟类学者张智言先生通过笔者引荐,请耿汉先生作《雄狮图》助梅杰大选首相成功。③鹮翔英美,指先生应张智言邀请曾先后分别为总部设在英国的国际雉类基金会和总部设在美国的国际鹤类基金会作《朱鹮图》《鹤鸣九皋》等中国画以赠。④竹石、熊猫,是先生晚年最喜画的题材。

春 日

向来谁弄梳堤柳,点染春光尽画中。
近见前川耕沃野,遥观后岭靓明瞳。
梨花出蕊才留白,山杏含苞正孕红。
敢问画师谁不服,一行题款看飞鸿。
2021.3.5

惊 蛰

时铃惊醒龙蛇动，一气周流催蛰虫。
霁色佳辰浮瑞象，清芬节序荡和风。
归途燕雀三声啭，入韵烟霞万里篷。
凝目云山欣有望，西畴春事再亲躬。

2021.3.5 今日惊蛰

戍边昆仑英雄颂

昆仑利剑显神威，铁甲王师壮思飞①。
碑界五星谁敢犯，河关寸土岂容违。
逶迤雪线生风色，巉嵚山形耀日晖。
裹革捐躯终不悔，流丹化碧国魂归。

2021.3.11

［注］①思，作名词，仄声。

敬步周文彰吟长《贺叶嘉莹先生荣获"感动中国 2020 年度人物"》

万古诗坛启德星，铺裁锦绣靓云屏。
波翻平仄千帆过，吟尽沧桑满眼青。

附：贺叶嘉莹先生荣获《"感动中国 2020 年度人物"》

周文彰

感动神州一众星，诗坛翘楚靓云屏。
殊荣激起千帆上，平仄风吹遍地青。

2021.3.14

朝那湫咏①

斯地生雷泽，湫波万古长。
千秋崇德水，桑梓耀荣光。

2021.3.18

［注］①朝那湫位于今庄浪县郑河乡境内。相传为华胥氏履大人迹孕育伏羲处。战国时秦国在此设祠庙。东汉安、桓二帝三次驾临祈雨。《山海经》《史记》《帝王世纪》等有载。

二月二日兼寄理发师

玉手纤纤慈善目，轻梳细剪理风尘。
频添白发心中恼，难驻丹颜额角春。
爱化容光除敝貌，徐修蓬鬓焕精神。
龙头端赖谁抬起，顶上功夫在汝身。

2021.3.18

沙尘笼罩数日，晨见雨雪

数日沙尘罩，朦胧土色稠。
春花垂垢面，燕雀禁灵喉。
欣喜晨来雪，开消梦里愁。
天公施警告，冰锁柳梢头。

2021.3.19

鹧鸪天·青花瓷

　　媚态娇姿称异葩，声闻四海誉中华。珍珠白沁蒙烟雨，孔雀蓝盈煅彩霞。　　成玉面，本泥沙。天机一火现青花。神州绝艺传千载，国粹至今堪足夸。

2021.3.24

春荡清水

　　粉红雪白散如烟，春在小城花欲燃。
　　掩映有无丹笔敛，参差疏密宇楼蜒。
　　颜开童叟迷佳景，波荡清流忆灌泉①。
　　沉醉芳菲观不尽，徐裁画卷布新篇。

2021.3.27

　　［注］①清水县以清泉四注得名，县城有西灌泉、东灌泉之分，至今清流盈盈，水质甘甜，可盛之即饮！民间称泉为灌泉。

踏青北野

　　旭日晴空穿北野，鸟鸣声脆悦林间。
　　风裁细柳柔柔摆，篱引新藤簇簇攀。
　　好雨催生塬畔草，丽人扮靓岭前山。
　　薄衫翠袖羞眉黛，要与桃花赛美颜。

2021.3.30

梅亭诗社周年贺

谁言寸草报春晖，绮梦梅亭看翠微。
夜夜星移频步韵，贤贤鸿集迭飞翚。
激情橡笔吟鞭举，放胆东风羽蠹归。
闲奏高山流水曲，邮筒明月露花依。

2021.3.31

故园清明三首

一

含烟细柳泛鹅黄，梨雪桃殷蕊散香。
点染故园春夜雨，新添白发捡诗囊。

二

星雨层云黯落晖，空山寂寂鹊鸦归。
花开崖畔如残雪，料峭清明纸马飞。

三

田舍炊烟时入眼，家山雀鸟定相亲。
蓄芽待势春天树，热炕村醪忆故人。

2021.4.5

故　园

空山环故宅，凋敝十之三。
田野多荒草，村中少壮男。
雀声闻近柳，雨色卷浮岚。
烛影茅茨隔，春荣万象涵。

2021.4.5

清明过小泉峡①

烟川芳草沐和风,黛瓦青墙尽入瞳。
石岭春声融上下,徐倪新貌比西东②。
隆隆车吊康庄筑,淡淡霞飞霓彩融。
期待暄妍花信后,连畛园圃树梧桐。

2021.4.6

［注］①小泉峡为麦积区通往清水县要道。②石岭、徐倪皆村名。

鹧鸪天·清明

星雨香云旧迹荒,祖茔烧纸那门庄。临崖羞避梨方白,隔水娇垂柳半黄。　空自许,寄蕃昌,如烟往事只微茫。劫灰早冷终虚幻,列祖依稀似在堂。

2021.4.6

陇西古莱坞

柳拂阳春曲,嘤鸣唱雅声。
歌吟时代事,乐奏古莱情。
华盛承高境,巩昌擎大旌。
携来唐宋韵,渭水奏清泓。

2021.4.8

浣溪沙·望河亭春晖

瑞象春晖笼画屏,长堤烟柳紫云升。新开胜景望河亭。　万里涛翻归大海,千年波靖卫斯城。河声塔影见清明。

2021.4.12

踏青仁寿山

胜日寻芳仁寿麓,桃园难觅几桃枝。
车流夹道行而慢,柳股垂帘饮且宜。
簇簇烟花融翠黛,盈盈春意起幽思。
蹒跚登顶开胸次,最爱斜阳雨后时。

2021.4.11

咏蝴蝶

凝粉敷黄彩翅轻,常追芳信寄深情。
三春谁解恋花苦,引得骚人百感生。

2021.4.12

庄岑先生、南静女士喜结连理祝

[题记]庄岑先生、南静女士喜结良缘,幸成数韵,以贺并蒂之好,共证白头之约。

瀑自何年响,峰从太古青①。
岚光翠屏静,潭影晚风馨。
幽境时探胜,尘缘定有灵。
偏如相妩媚,松下采茯苓。

2021.4.13

[注]①首联引自纪晓岚《赋得清晖能娱人》成句。

黄河楼挥送黄河远去①

含沙行万里,足迹化桑田。
九派浮交涌,百川归梦牵。
低徊深谷过,高蹈古城穿。
伫岸挥君去,氤氲一气连。

2021.4.16

[注]①黄河楼位于兰州市七里河区黄河岸边。

风 筝

凭虚驭气扶摇上,欲借东君揽九天。
莫羡鲲鹏三万里,终归一线手中牵。

2021.4.17

菩萨蛮·谷雨游五泉山

春风点染峦初翠,翩翩粉蝶花间戏。泉涧水生寒,寺僧门半关。
声声啼鸟老,山外桑麻好。谷雨正晴和,亭亭竹节柯。

2021.4.20 谷雨

菩萨蛮·暮春游五泉山二首

一

　　晨曦带醉敷罗绮，长歌翠袖园中戏。文野竹篱分，海棠遗韵存。黄鹂鸣翠柳，风月禅机叩。流水叹无涯，潺潺问果斋①。

2021.4.21 晨练于五泉

二

　　浮云仙雨随天趣，钟灵毓秀笼烟树。珠露润芳菲，丁香沾我衣。声声布谷叫，绿染盘山道。东野日蒸蒸，南山作画屏。

2021.4.26

［注］①果斋，五泉山人刘尔炘字。

步翟万益先生和陈浩公，兼恶倒春寒并黄尘蔽日

　　兴来诗与酒，玉笛落梅花。
　　寒气春因锁，黄尘日益斜。
　　潮回沙带岸，雨过水明霞。
　　残照衔烟荠，河声笼万家。

2021.4.26

附：翟万益先生和陈浩公《自题墨梅》

　　浇云藉天酒，舒意问墨花。
　　应卜云曙住，直把世事斜。
　　乾坤本无界，心上多烟霞。
　　游纵六和外，麈尘即是家。

2021.4.26 于未名室

再步翟万益先生和陈浩公题墨梅

狼毫添宿墨，笺素笔生花。
天秀荣华住，芳馨倩影斜。
灵晖闻净域，紫气映明霞。
待到阳春日，无争桃李家。
2021.4.27

菩萨蛮·蜜蜂咏兼祝"五一"

寻花弄蕊非关色，终生事业酬甜蜜。陌上采花郎，东西南北忙。
声微晨曲启，体瘦劳终岁。为报尔芬芳，辛勤巧制糖。
2021.5.1

辛丑初夏阳关行菩萨蛮十八首

［题记］应邀于2021年5月中旬，参加了中华诗词发展基金会、诗词吾爱网与敦煌飞天生态科技有限公司联合举办的"开启阳关之旅，寻梦诗与远方"——中华诗词"一带一路"行敦煌飞天生态科技园沙漠都江堰采风培训活动。

菩萨蛮·飞越祁连山

山形巘嵲常开合，丹霞点起团团火。逐梦茧丝长，江山画里藏。
风摇戈壁草，天马抛霜晓。驿路碧云端，瑶池在此间。

菩萨蛮·初到敦煌

罡风浩浩时逢午，吉光飞羽杨枝舞。半日到敦煌，千秋梦汉唐。芊芊纱帐缈，戈壁风光好。远道尽沧桑，诗朋聚四方。

菩萨蛮·阳关道上

洪荒难报残垣土，凿空总赖开边斧。宏业起惊雷，离披沙柳蕤。高天云雁渺，走我阳关道。大漠矗边墙，寻诗在远方。

菩萨蛮·宿阳关敦煌宫

碧霄玄邈黄沙静，霞光剪出阳关影。花露透天香，斗星伸进窗。汉唐王气动，太古洪荒共。梦里似回乡，醒来看行藏。

菩萨蛮·月牙泉

四围沙合疑无路，半轮水镜流波注。碧玉透无瑕，眉弯挂落霞。托云新月比，旱柳仙枝似。珠露共潮生，静听金沙鸣。

菩萨蛮·月牙泉与鸣沙山

苍茫瀚海嵌珠玉，流波顾盼开天目。碧透净无尘，渊澄处子身。同心相印证，缘定太虚境。时作不平鸣，云飞沙坐惊。

菩萨蛮·鸣沙山上

尘心欲借金沙洗，鸣声盈耳神思弛。俯瞰月牙泉，澄澄水半弯。驼铃孤雁晚，三迭阳关断。暮色覆斜阳，我心骐骥骧。

菩萨蛮·月牙泉边旱柳

此生守望终无悔,沙泉相伴难相弃。抱定护泉心,胆肝铭赤忱。丛枝长拂月,云盖星霜悦。风岸大乾坤,无忧身隐伦。

菩萨蛮·阳关怀古二首

一

驼铃摇碎孤鸿渺,葡萄美酒将军笑。古道过骠姚,黄沙漫寂寥。光阴堪倒叙,箭簇销弓弩。千载叹荒凉,西风化诗行。

二

风烟望断凝眸久,千年往事堪回首。人世几纷繁,此回尽等闲。昊天云色好,羁旅阳关道。红柳沐残阳,千秋系梓桑。

菩萨蛮·沙漠都江堰

血溶戈壁春风梦,平湖波荡清流涌。铁骨志弥坚,诚心驱漠寒。芦花鱼跃跃①,柳影鸣禽乐。携手借春风,阳关大道通。

[注]①"芦花鱼跃跃"句,系引张克复先生诗句。

菩萨蛮·莫高窟

通玄梵境烟云锲,黄尘覆盖皇皇史。金斧凿开天,艺航苦海渊。凡心观水月,虚幻如来叶。浩荡法无边,风云襟袖间。

菩萨蛮·锁阳城怀古

祁连南望明清霁，苍黄远道残垣迤。红柳笑骄阳，圮城叹废亡。

剑销功不朽，长史①名垂久。尘世说玄奘②，罡风连汉唐。

[注]①长史，指唐代著名大将薛仁贵。唐高宗时，薛仁贵曾累官至瓜州长史、右领军卫将军、检校代州都督，封平阳郡公，为唐王朝拓土固边立下不朽功劳。民间广泛流传他的"兵困锁阳城""三箭定天山"等传奇故事。②据《大唐西域记》记载，高僧玄奘法师赴印度取经路过瓜州，在此讲经说法半月有余。

菩萨蛮·玉门关

春风应恨阳关曲，关前红柳萌新绿。猎猎卷旗旌，劲吹万里程。

刀光寒紫塞，锈折将军戟。回首望沙州，萧然党水流。

菩萨蛮·汉烽隧

风侵雨蚀仍坚挺，烽烟不尽兴衰诤。动地素心平，翻江不作声。

玄奘潜出凭，汉武扬威证。李杜不曾来①，岑王因我魁。

[注]①李树喜先生有"李杜未曾到"句。

菩萨蛮·大漠沙枣

金星灿灿清香溢，蜂寻芳意成甜蜜。晓看翠离披，丛中欢及笄。

赖根伸大漠，不惧风沙虐。御旱有余闲，秋来果实繁。

菩萨蛮·莫高窟前白杨群

佛光瑞霭晨昏绕，修持才有雍容貌。叶阔泛银光，凛然御雪霜。

参天齐碧昊，伟岸常吟啸。劫后看新荣，甘心作卫兵。

菩萨蛮·敦煌高老庄

西天万里迷沙远，唐僧故事千秋传。镜里切敦煌，神奇高老庄。风流猪八戒，本是天篷宰。此去月临关，游人问翠兰。

清平乐·将赴敦煌

晨风初鲜，叫醒黄河岸。鸟润花香挥不断，拉面壮行一碗。向往圣地敦煌，心中多少黄粱。晓雾层云暗淡，重霄乍现天光。

晨 曲

［题记］余住阳关敦煌宫，四合院落被爬山藤围成绿墙藻井，每日清晨都被啁啾雀鸟声闹醒。

一墙新绿一时春，梦里莺啼悦耳真。
信是阳关添翠柳，雀儿交语说原因。

戈壁植胡杨（通韵）

抛开沙碛现春泥，橡笔堪成垄亩梨。
植下胡杨圆绿梦，诗心拴在幼苗枝。

阳关戈壁石

黄沙吹尽遗顽石,万古风刀雕刻成。
堪似优盘存密码,犹闻贴耳燕鸣声。

阳关烛光诗会

大漠阳关天气奇,黄沙卷雨更狂吹。
宜当共剪西风烛,夜话觥筹边塞诗。

2021.5

浣溪沙·雨中官滩沟

曲路岑峦翠影摇,层林芳甸各呈娇。明轩绿透半山腰。　烟雨迷蒙频聚散,人情通达可堪交。围炉浅酌最魂销。

2021.5.23

袁隆平颂

人间万事食为先,饭碗常忧饥岁田。
国有神农纾岁歉,域无流殍享天年。
一肩还把泰山挑,亿兆方能高枕眠。
旷古慈恩铭海岳,青衫泪湿德星悬。

2021.5.24

栖云小镇看花三首

一

无边花海托青云,人在翠屏争日曛。
四月芳菲看不尽,黄红于此正缤纷。

二

旭晖遍野绣红纱,花放栖云似赤霞。
游客疑心春又至,流连摄影为芳华。

三

轻车携我栖云岭,曲径徘徊逐绿茵。
泛日花光浮野际,种华翁遇爱花人。

2021.5.27

逛早市

周日闲情好,晨来逛市场。
小葱还讨价,涩杏要亲尝。
货殖看丰欠,衣装察热凉。
民生柴米贵,不忘菜根香。

2021.5.29

凭吊先驱张一悟①

峡近兴隆涧水淙,岩峦翠嶂绿千重。
先驱凭吊山前柳,星火铭追云外峰。
应寄黄泉还伏虎,曾经青史载屠龙。
花开红白英魂祭,玉碎堪为警世钟。

2021.6.1

[注]①张一悟(1895—1951),甘肃省榆中县人,是中国共产党在甘肃最早的创始人之一,为投身革命、矢志理想的先行者。其纪念馆坐落于陇右第一名山——兴隆山麓。②"屠龙",用来指艰难伟大的事业。如柳亚子《有怀章太炎、邹威丹两先生狱中》诗句:"泣麟悲凤伴狂客,搏虎屠龙革命军。大好头颅抛不得,神州残局岂忘君。"

菩萨蛮·荷风

萦波菱叶兜珠玉,和风巧剪杭绸绿。霓彩散天香,蛙声叶底藏。
娇羞萌笑靥,柳绾黄莺睫。千载一方塘,横斜舞锦裳。

2021.6.4

芒 种

碧野葱茏山杏黄,炎风吹送麦波香。
锄禾挥汗持当午,插稻躬腰晒丽阳。
雀燕繁歌音调滑,农家三饭暑时长。
抚孙村老开怀笑,田妇簪花戴小康。

2021.6.5 芒种

栖云田园小镇游

[题记]辛丑端午前夕,省城二十余位诗词家、书画家,应邀来到位于榆中县李家庄的栖云田园小镇采风,亲身感受"乡村振兴、脱贫攻坚、乡村旅游"试点结出的硕果。

碧嶂栖云绿满川,田园花海羡林泉。
童颜放胆歌喉亮,皓首开怀舞步圆。
陶醉夕阳山外景,沉迷天籁世间仙。
杖巾共乐归来晚,农舍炊烟一柱禅。

2021.6.10

端午栖云雅集拈"题"字

青嶂栖云怀屈子,风帆竞渡正凄迷。
琼花瑶圃哀歌祭,骚韵诗魂泪墨题。
欲问甘棠还不语,何曾蒿艾作闲嘶。
潇潇暮雨归明月,春草离离合雪泥。

2021.6.12

补得"紫"字,咏薰衣草

泄泄融融淡淡香,岚烟漠漠天光紫。
谁裁暮色作绫罗,要向瑶台献锦绮。

2021.6.12

辛丑端午登九州台

九州台上啸端阳，风动花容雨送凉。
一水蜿蜒千古逝，唯留艾粽化诗香。

2021.6.14 端午节

登六盘山

巉屼青嶂雄关镇，今我登临意万重。
碧昊塞云风烈烈，红军铁旅纛彤彤。
追思胜事千秋笔，脚下烟霞四海胸。
遥望山河无限景，长缨在手搏苍龙。

2021.6.27

栖云田园花海行（古风）

巍巍翠峰下，连畛越陌白云生。
吟啸且徐行，花海霞光入眼明。
春风吹过离离草，村舍相望通古道。
忆昔李庄居民八百户，城中村里生计千般恼。
人心思变寻出路，敢吃螃蟹大胆探索有宏猷；
愿乘东风抓机遇，综合开发城乡一体硕果酬。
腾笼换鸟一何难，苦心筹谋思路宽。
人上高楼田入股，分红劳务人心安。
本在"三农"留土味，新潮现代特色贵。
美丽乡村一方秀，田园小镇要洋气。
而今在在风光好，布谷春来早。
洒下辛劳和汗水，田畴尽是宝。
金波卷碧浪，花香赛稻香。
绿荫通曲径，紫穗播芬芳；
梦幻野奢现蜃楼，山居明珠落绿洲。
非遗民俗风淳古，康养休闲客逗留。
琼草芊芊游骋目，流霞霏霏自在身。
香径风车寻美景，花谷留影度良辰。
秧歌扭起草地当绒毯，鸟语天籁吟唱能放胆。
人生几辛苦，此时方能澹。
古镇何所有？酒旗入青眼；
游人何所乐？玉盘盛馐馔。
苹果软儿白兰瓜，全羊炙烤盖碗茶；
激情浪漫新婚侣，轰趴馆里轻罗纱。
销魂垂玉帐，新潮驻香车。
月色融融乐无涯，人生至此开心花。
惊叹如意甘肃球幕馆，三维特技入地飞天看。
刹那星河泻，昊天白云漫。

御风骑鹤逐云西,跨骥骖鸾向日飞。
鲲鹏展翼九万里,扶摇重霄看翠微。
欲上瑶池见王母,还从白塔揽流霞;
俯瞰祁连朔气封雪阻,泛舟瀚海暮色摇星槎。
蓦地空中落凤鸟,似闻冰解河开春无涯;
水澹澹兮崆峒湖,旗猎猎兮阳关还。
天地神游兮魂魄动,倏尔万家灯火到人间。
噫吁嚱!
游乐至此何所及,大河滔滔东流又一湾。

2021.6.28

黄河之滨（排律）

挟浪携潮天上来，峡穿岩砺怒涛开。
殷殷华夏一根脉，烈烈长风万壑雷。
箫奏高原过赤县，波翻深谷起狂澜。
潜兴隐蹈终归海，风雨晦明坚似磐。
激荡山川如带砺，穿行原壑孕皋兰。
钟声悠远藏龙虎，塔影阑珊舞凤鸾。
飞翠流丹潜岁序，升潮落月更尘寰。
嘤鸣万紫千红处，欢乐两山一水间。
百里风情飞锦羽，九州霓彩竞岚烟。
一河风致和鸣凤，两岸闲情乱野蝉。
匝地新荣春笋起，临崖古刹重檐飞。
水车沥沥甘霖落，杨柳依依烟雨霏。
羲驭朝霞妆丽影，星罗故郡尽珠玑。
东君骀荡翻波浪，溪步苍茫映翠微。
云树芊芊春夏景，河声淼淼古今情。
洪峰不舍摇篮曲，紫塞犹闻战马声。
碧岸桥通连旧巷，晴川楼起壮新城。
长堤芳卉花潮艳，丝路珍珠秋月明。
玉坠金关城阙固，弦和鸾凤山川荣。
丹云拂动五泉月，翠柳摇舒七里滩。
十里桃红词客醉，三台阁耸魁星安。
金城风物嘉名播，夏菜软儿[①]声誉传。
几处飞舟争竞渡，二三秋鸭舞翩跹。
纸鸢轩轾扶摇上，皮筏峥嵘冲浪湍。
霁月兰舟杨柳岸，骚人名士乐凭栏。
重霄明灭波光暗，两岸葳蕤花霰奇。
沙渚晨风穿碧柳，竹林晚籁咏新诗。
溜圆卵石琉璃滑，自在洪波鱼雁慈。

秋水长天随兴去，落霞孤鹜不相离。
云浮半郭东流水，虹锁重峰夕照琉。
百变鱼龙淫雨歇，万端霢霮信天游。
生成九曲西风烈，幻化三川星宿幽。
华美绮绫山挂画，苍茫暮色月随舟。
斜阳远岸鸣孤雁，激石平沙惊野鸥。
簇锦团团兴盛地，碧空淡淡瑞祥天。
沧桑千载妖娆竞，无限风光好梦圆。

2021.6 盛夏

[注]①软儿，即兰州独产的软儿梨。

庚子年撰联

宕昌县山湾梦谷联四副

一

圆梦脱贫承泽惠；
腾笼换鸟写风流。

二

羌寨沐春风，千载沧桑圆好梦；
山湾承好雨，一朝兴盛尽开颜。

三

梦谷凭栏，莽莽群峰迎旭日；
山湾瞩望，芊芊芳卉共飞霞。

四

盛世躬逢，宏图大展传风信；
初心牢记，美景小康谱华章。

秦安县兴国中学联

学贵有恒，勤能补拙秉知行一贯；
教尚无类，诲而开智滋兰蕙千秋。

榆中浪街"洋芋搅团"店联

锤出白云真美味；
盛来脂玉贵天然。

浪街小吃街联

琳琅美食垂青眼；
喧闹市声应好风。

浪街广场长廊撰联三副

一

秋棠结下小康果；
芳园开满吉祥花。

二

康庄浪街名声远；
快乐老家风味浓。

三

龛谷烟霞云北去；
兴隆丘壑水东来。

为秦安县兴隆寺撰联

利地护生，雨顺风调求福地；
膏壤润物，民安国泰好人间。

2021.6.19

张掖弱水书院联

祁岭雪明，幻化云龙涵弱水；
鹏湾雁集，因缘翰墨结高台。

诗词研究

求正容变
前提下的诗词意象摭谈

"求正容变"的律诗观，基本上解决了近百年来一直存在的关于律诗要不要继承、创新、发展的争论。"求正容变"的律诗观认为，对律诗应当持既继承传统又发展创新的态度。概括起来说，在音韵上要"知古倡今"，在格律形式上要"求正容变"，即尽可能地遵循"正体"——严格的诗词格律规则，同时又允许有"变格"；在内容上要"求真出新"，即继承"诗言志""抒真情"的传统，同时又反映时代风采和现代人的思想情感。笔者以为，"求正容变"的律诗观，抓住了律诗的本质属性，这一新的中华诗词发展理念，将为中华诗词如何重现昔日荣光，如何扬长避短、与时俱进，如何反映新时代、服务新时代提供明确的引领。这里须要强调的是，"求正容变"只是从形式上为继承和发展中华诗词"鸣锣开道"。繁荣和发展中华诗词，最重要的是在内容上要与时俱进，用诗的意境、形象的思维反映新时代、新生活、新事物、新情感。经过"求"的努力，掌握诗词格律的"正体"并不太难，最难的是真正做到情真、意新、格高、味厚，否则即使完全符合"正体"亦非好诗。①本文试图从诗词的重要元素——意象入手，探求其生成机理、表现形式及在诗词创作上的表现特征。

诗词的重要元素——意象

构成诗词的重要元素是意象。意象，是诗词艺术的灵魂。意象是心灵之象在诗中具体的外化形态。"意象"一词具有生理学的含义，或指视网膜上感受的映象，有时与"表象"等同起来，指客观物象经过视觉摄取、大脑提取而存贮在记忆里的映象。因此，当事物不在面前时，在记忆深处搜寻、呈现出的关于事物的形象，就是表象。是对眼前不存在的物体或事件的一种认知表征，具有鲜明的形象性和超越时空的特征，这正是进行诗词创作时形成意象的生理原理。意象，还有哲学的含义，指的是形而上的具有象征意味或类指意义的形象符号。

南朝刘勰敏锐地发现了文学创作中塑造意象的重要性，并将"意象"一词引入文学理论，使之具有统驭文思的重大意义。《文心雕龙·神思》中讲："积学以储宝，酌理以富才，研阅以穷照，驯致以怿辞，然后使玄解之宰，寻声律而定墨；独照之匠，窥意象而运斤，此盖驭文之首术，谋篇之大端。"这段话讲写作前的积累、准备和构思，而意象的营构是处于统筹谋篇的中心位置。也就是说，所谓的"意境"，就是"文艺作品中所描绘的生活图景，和表现的思想情感融合一致而形成的一种艺术境界"，借形象表现心境，寓心境于形象之中。②然而，只有在诗歌创作中，"意象"的概念才更普遍、更普及，构成诗词的肌体，并成为诗词创作的圭臬。所以，意象往往被视为诗词的专利。唐朝的王昌龄、殷璠、皎然、司空图等，较早把"意象"直接引入诗歌领域。王昌龄《诗格》中提出诗有"三境"的美学观点，认为诗歌的审美境界可分为物境、情境、意境三种形态或层次："诗有三境：一曰物境。欲为山水诗，则张泉石云峰之境，极丽极秀者，神之于心，处身于境，视境于心，莹然掌中，然后用思，了然境象，故得形似。二曰情境。娱乐愁怨，皆张于意而处于身，然后用思，深得其情。三曰意境。亦张之于意而思之于心，则得其真矣。"③殷璠在《河岳英灵集》中评常建诗曰："佳句辄来，唯论意象。"诗僧皎然在《诗式》中提出，诗人要善于"取境"，"取境之时，须至难至险，始见奇句"。又云：诗"固当绎虑于险中，采奇于象外"。"象外"这个词语，由哲学范畴转化为美学范畴，最早表现在绘画理论方面。这就是六朝谢赫在《古画品录》中说的："若拘以体物，则未见精粹；若取之象外，方厌膏腴，可谓微妙矣。"这是说画家作画，不要拘限于具体的物象。司空图在《二十四诗品·缜密》中也运用了"意象"一词："是有真迹，如不可求，意象欲出，造化已奇。"④ 元陈绎曾认为"情为诗而生于境"。明王廷相在《与郭阶夫学士论诗书》中认为："诗贵意象透莹。"同时代的胡应麟则说："古诗之妙，专求意象。"王国维《人间词话》系统阐述了"境界"说："词以境界为最上。有境界则自成高格，自有名句。""境非独为景物也。喜怒哀乐，亦人心中一境界。故能写真景物、真感情者，谓之有境界，否则谓之无境界。""境界说"比较深入地抓住了诗歌创作的特征。王氏有时也用"意境"这个词汇代替境界。意境、意象，意思相近。而清代王夫之以诗歌审美意象为中心的美学体系，提出了现量说、兴会说、意境论。通过审美观照，情景交融中的"景"才有可能成为审美的对象，进而才能有兴会，审美意象才得以产生，最终有条件形成意象。而在西方，"意象"作为一个诗歌流派，则是在21世纪初由一群英美青年诗人所发起的。该流派以庞德和洛威尔为代表，主要成员还有休姆、艾略特、洛尔迦等。意象，强调了把诗人的感受、情绪完全隐藏在具体自然物象中，无需陈述外释，用意象明确坚实的具感性来暗示丰厚的情思意绪。⑤

意象产生的心理机制

诗词意象是主观情意与客观物象的化合物、复合体。袁行霈在《中国古典诗歌的意象》中指出："意象是融入了主观情意的客观物象，或者是借助客观物象表现出来的主观情意。"阿红这样论述诗的意象营造：象，社会实界与自然实界之物象。意，诗人观照社会实界、自然实界所产生的心理与意识，如感觉、情绪、思想，等等。意象，诗人观照社会实界、自然实界所产生的心理、意识和社会实界、自然实界的物象，经过联想、想象诸种思维活动，而酿制的既含蓄着、渗透着、暗示着诗人感觉、情绪、思想又迥异于社会实界、自然实界物象的审美体。因此意象是心与物、意与物、情与境的熔冶，是主体心灵的物象化与客体物象心灵化的结晶，是主体心理与客体物象双向运动的终端显象。意和象的结合似乎有神力的加入，成功的意象往往是诗人才情的标志。"意象"并非简单的"意"+"象"，它更类似于"意"和"象"的反复相乘。它的积数大小，既关涉到诗人创造力的强度，也关涉到接受者反应的敏锐度和紧张度。意象的内在容量，不仅是一种

"量",更是"力度"的概念,必须具情感激发力。这种力度不仅取决于作者感受生活的深度,更与传意的方式有关,一般来说,这种以"象"显"意",散则淡,缩则浓;露则浅,藏则深;平直则寡味,曲折则有力。"意"与"象"复合化生,共同构成诗歌艺术魅力的重要源泉。⑥

哲学家张世英认为,"意象"为美的本体范畴,意象的生成为审美活动的根本。审美活动是在瞬间的直觉中创造一个意象世界,一个充满意蕴的完整的感性世界,从而显现或照亮一个本然的生活世界。⑦ 进一步讲,意象的生成就是人心赋予天地万物(如王阳明说的"岩中花树")精神性的意义。处于审美意识中的物象之所以能与诗人对话、交流,就在于诗人与所关注的事物处于精神性的统一体之中,处于人与世界的合一之中。王阳明说,岩中花树,在深山自开自落,并不存在意义,只有当有人欣赏它时,才赋予此花一种精神性的意义。"你来看此花时,则此花颜色一时明白起来",⑧ 人心照亮了此花,此花也就有了美。这就是柳宗元说的,"美不自美,因人而彰"。营造意象离不开诗人的审美活动,这就是照亮,是创造,是生成。这是诗人"心"(诗心)的重新发现。诗心的作用,如王阳明论岩中花树所揭示的,就是赋予与诗人无关的世间万物精神性的意义。宗白华先生说:"一切美的光是来自心灵的源泉,没有心灵的映射,是无所谓美的。"⑨ 这"美的光"就是"诗心"映照万物形成"意象"的过程。

诗词的意象已非客观之象。诗词独特的审美规范,要求创作不是像依样画葫芦地描写花园里含苞怒放的"玫瑰花"那样表现生活,而且是取其香味、色彩,化合出一朵"玫瑰花",这正是诗人的"心灵之象"。正如高尔基在《给薇叶·加克尔-阿林斯》中所指出的那样:"真正的诗永远是心灵的诗,永远是灵魂的歌。"

不论从审美视点观照,还是从生成机理来考察,诗词意象发源于诗人的心灵之象。"体验"和"想象",是创造心灵化工程的重要途径。诗,之所以被称为心灵之象,不仅是因为诗的意象是诗人思想感情的化合形态,而且还因为心灵之象准确地概括了诗词意象创造的思维特征:反映论上的"得鱼忘筌",为传达心灵的真实体验而舍弃真实的"形"的描摹。雪莱敏锐地觉察出诗对于生活的错位关系，指出："诗使它接触的一切变形。"诗歌形象多以生活实象的异态形式而存在。变异的原因，就在经过了心灵这一"时空隧道"的特殊处理。心灵之像是生活现实通过诗人心灵"时空隧道"后的异态呈现。那么，为什么通过心灵"时空隧道"后就是另一种样子呢？这儿有什么奥秘呢？奥秘就在写作者的心理机制。从心理机制上讲，心灵之象的形成主要来自诗人的会通能力和想象能力。[⑩]

何为"会通"？会者，会聚、交合；通者，融通、神通。而想象，则是营构诗歌意象的能力，是主客体的复合过程。营构意象，神与物会，灵与象合，或象象共生，即为会通。而诗的发现、意象的构思始于会通。会通，使诗人捕捉到了意象的灵光，找到了托物感怀的"形象大使"[⑪]，没有这种会通能力，"意"只是孤立的观念或意绪，象也是孤立存在的客体，是无法交感契合，进而化生为生动的诗词意象的。会通能力在很大程度上依赖于诗人的直觉，而直觉是瞬间的顿悟。直觉能力是一种洞察力和感悟力，它可以使诗人在瞬间透过事物表象直达认识的终点。直觉依赖于情感和理性，其表现形式既可以是潜意识成分的复活、外射与提升，也可以是人生经验的瞬间飞跃，具有直接性、情绪性、综合性（形意兼具）等特征。这里的直觉活动包含了感知、情感、理解等因素，也包含想象。有了这种能力，诗人便可以在茫茫大千世界里比较顺利地找到"意"的"对应物"，或者说能从客体万物纷纭变幻的形、声、色、光、影、气、味中谛听和捕捉到撞击自己心律的那一缕微芒之光。

因之，"意象"的创造，就得力于诗人的想象能力。想象，让诗人获得思绪自由驰骋的翅膀。想象，是诗的催生婆，也是诗的保姆。想象力基本就是孕育诗思、形成意象的胚胎。想象，是从大千世界纷繁事物中提炼诗词意象的一种思维方式，又是诗词创作的主要的表现手法。如果说诗词是文学林莽中飞翔的鸟儿，想象就是使鸟儿振羽鼓翼飞翔的翅膀。正如别林斯基指出的那样，在诗中，创作过程只有通过想象才能够得到完成。诗，作为心灵之象的描画，不论是意象的创造，还是整体形象的诞生，都是在某种特定状态中，通过艺术想象和联想，去打破事物的自然界限，超越事物变化的自然进程，让诗获得"飞翔"的力量。想象是一种自觉的表象运动，即把记忆中的表象加工改造、嫁接、融合，创造为新的表象的一种心理过程。在诗歌创造中，如果说审美感知的获得，直觉能力起着主要作用的话，那么，从审美感知到艺术形象的完成，则主要靠的是想象力。想象是联结此与彼、旧与新、实与虚、意与象之间的桥梁。不仅诗歌创作需要想象，科学研究也需要想象，只不过"科学的想象模拟各种存在的条件，在创造那些世界原来不存在的东西；诗人则幻想各种不存在的事物，来描绘这个世界上已存在着的一切"。灵感袭来，一挥而就的情况是有的。但更多的情况是，诗人按照各自的构思，展开丰富的想象和联想，从单一到丰富，从残缺到完美，从模糊到明朗，从意象到形象，不断扩大完善"心灵之象"，直到诗歌整体形象——艺术意境的诞生。彭金山总结为"异态同质的心灵之象"。⑫

意象营造的"变形术"

现实生活和自然物象如何转化为诗词意象，是诗词生成的基础。而实现这一转化的机制是创造主体的心灵，诗词形象的生命力就在于它是一种心灵的声音，是一种能让人们感受到的情感与精神的力量。何其芳在《梦中道路》一文中曾这样谈到他自己的写作："我曾有过一段多么热心写诗的时间，虽说多么短促。我倾听着一些飘忽的心灵的语言。我捕捉着一些在刹那间闪出金光的意象。我最大的快乐或酸辛在于一个崭新的文字建筑的完成或失败。""捕捉意象"，准确地道出了诗歌创作的形象思维特征。

清朝初期著名诗人、诗论家吴乔《围炉诗话》对"意象"有很形象的比喻："文出正面，诗出侧面。意犹五谷也。文，则炊而为饭；诗，则酿而为酒也。"意喻之米，文喻之炊而为饭，饭不变米形，啖饭则饱，散文式的直说，无须"变形"。诗喻之米酿而为酒，形质尽变，饮酒则醉，诗需要"变形"。最常见的诗例莫过于李白《静夜思》，直说只有三个字，即"思故乡"，主要的落笔却在看月亮，这就是不直说了。看月亮就是思故乡的一个变形。人在异乡为异客，所接触到的一切都是陌生的，唯一熟悉的能与故乡发生联系的东西，就是月亮。诗中的"明月"，就是一个意象，是故乡的变形。这首千百年家喻户晓的诗，据考第一句本作"床前看月光"、第三句本作"举头望山月"，在《唐诗三百首》中，"月光""山月"一律作"明月"，改动者分别为明代人赵宧光和杨升庵，改者不避"明月"重复，将这个代表故乡的变形意象作了特写放大和重复加强，此后"明月"一词遂作为"思念故乡"的经典意象。这就道出这样一个人生体验：人在异乡，哪怕一切都是陌生的，也还有一样熟悉的东西，就是明月、月光。看见明月、月光，就想起故乡的一切，引起心灵的共鸣。这首诗，中国人从小读，代代读，越读越觉其好。⑬

意象，是诗意的象征符号。但不是所有的诗歌形象都能称之为意象的，如李白诗句"欲渡黄河冰塞川，将登太行雪满山"，黄河、太行是眼前景，可以称为形象，而不能称为意象，因为它们不是象征物。而"渡黄河""登太行"及"冰塞川""雪满山"，本为现实情境，但诗人于此处"变形"为象征实现宏伟的理想、抱负，以象征前进道路上的重重阻碍，这就是意象变形；"长风破浪会有时，直挂云帆济沧海！"在这里"乘长风""破万里浪""挂云帆""济沧海"，象征在辽阔的大海扬帆远航的意象，表达了实现理想的快意，亦属于意象变形。在李白所开拓的艺术天地中，既有美人、松柏、海天鸡、鸾凤明月、宝珠、高山、大海的意象，也有苍蝇、老虎、豺狼、鱼目、桃花、冰雪等意象，无论是瑰丽美好的，还是肮脏、卑污的，都成为特定意念的象征，或放射真、善、美的光辉，或寄托对假、恶、丑的憎恶，或给人以崇高的美感享受，或给人以智慧的启迪、沉思。这些意象都和现实世界中或美好、或丑恶的现象互相映衬对比，获得垂辉千古的艺术生命。

"缘事"，必须搭成联想，完成思绪（诗绪）从这一事物到那一事物的飞跃，出现了"变形"，才能"欣然命笔"。诗人牛庆国写了一首《杏花》："杏花　我们的村花／春天你若站在高处／像喊崖娃娃那样／喊一声杏花／鲜艳的女子／就会一下子开遍／家家户户　沟沟岔岔／那其中最粉红的／就是我的妹妹／和情人／当翻山越岭的唢呐／大红大绿地吹过　杏花　大朵的谢了／小朵的也谢了／丢开花儿叫杏儿了／酸酸甜甜的日子／就是黄土里流出的民歌／杏花　你还好吗

/站在村口的杏树下／握住一颗杏核／我真怕嗑出一口的苦来。"整首诗句感觉是缘事,但开遍沟沟岔岔的杏花和诗人心中的"杏花"是一语双关,是诗中的关捩,表明诗人有了一个联想,一个变形的构思,结果令人耳目一新,颇富哲理意味。而杏儿的酸和生活中的"心酸",杏仁的苦与生活中的"苦涩",又通过意象的变形,让诗有了隽永的味道。沈鹏先生的《黄山人字瀑》:"久雨初晴色色新,山光峦表逐层分。路回忽听风雷吼,百丈飞流大写人。"末句"大写人"从峰回路转中推出,并巧妙自然地完成了从"飞瀑"向大写"人"意象的变形,昂扬的时代精神和作为主体"人"的担当感喷薄而出,何其令人感奋!

谢冕先生谈诗的创造时引用樊发稼的比喻后说:"诗人进行的创造,是一项将水幻化为虹的神妙的工程。说生活产生诗,是指虹由水变成;把虹解释为来无踪去无迹的神光,不对;把水直接当成虹,也不对。"这种"由水而虹的幻化"的"特殊形态",是独属于诗的特殊表现方式的直接结果。它不是真实生活的原汁原态,而是一种比实物"更好更华美"的艺术形象。

诗是化合态语言、复合式言说。仅靠去杂和筛选还不能达到以少少许胜多多许的目的,只有化合性语言才使诗足以担当此任。化合意味着对事物形和质的改变。如写三伏天农人龙口夺食抢收麦子的忙碌情景,整天在田里收割,天黑了才收工回家,吃过晚饭又在月光下蘸着水,在磨石上磨镰,为第二天的收割做好准备。散文完全可以这样交代,诗就不能这样写。对于上述情景,一个诗人这样写:"农人／蹲在三伏的脊背上／蘸着月光／磨镰。""蹲在三伏的脊背上""蘸着月光"这样的诗句就是"变形"的意象。它已不是客观事物的再现,而是经过作者主观感情和艺术想象的"化合"了的"变形"的意象,在重新组合的时空关系背景上,在浓重的诗的情绪氛围中,突现了农人三伏主宰者的形象。

意象营造的"变形",就是将诗的立意,通过"形象大使"来表达。譬如做化妆品的商业广告,不须推销商向消费者开列一长串的化学成分专用名词,而是找来一位著名的女演员,一涂抹,就给人印象深刻,产生了购买商品的欲望。屈原有报国的激情和政治理想,但是屡遭陷害,心怀愤懑,他没有写一篇洋洋洒洒报国忠君的思想总结文章,却找来了"美人"和"芳草"作为"形象大使",他写驾驭飞龙上天求女的经历,写树蕙滋兰的苦心,最后失望而"投彭威之所居"。

诗是抽象的具象艺术。诗歌创造的结晶是深广的艺术境界。而要创造出深广的艺术境界,就必须超越生活现实,它往往舍弃外在形象的似真性,而进行诗意的改造。诗总体为"虚诗的形象多是非真的具象,境界的生成要借助由实向虚的弹跳,唯有弹跳才能跳出生活个体的"具体而微",上升为具有普遍意义的诗美形象。这样,世界才会由"自在的现实"成为诗的现实。如:"织锦机旁莺语频,停梭垂泪忆征人。塞北三月犹萧索,纵有杨柳未觉春。"前两句是"类"性(怀春怨女)个体形象的生动描画,是"诗中之实";后两句写织锦女的心理活动,是由实入虚的抽象,是由实景向"诗境""弹跳"后的具象。如果诗人只是对征夫怨女生活的实写,没有对这一生活现实的抽象,便不会有"塞北三月犹萧索,纵有杨柳未觉春"这诗的警句,深远的诗歌境界也无从产生。诗歌,不论是采取何种方式,目的都是一个——创出诗境。诗境是象与意的契合共生,诗歌以具象的形式出现,而诗意的获得却往往是抽象的结果。

意象变形的实现途径

生活现实变为"诗的意象",最终是要靠意象的变形来实现。变形说到底,便是形象思维对惯性思维的突围。实现形象思维对惯性思维的突围,变形也不只一个模式。不同于"文"的外化语言形态,首先是将世界诗化,即生活的"诗歌性"。从生活的"诗歌性实现"所表现出来的特征来看,主要有以下途径:

(一)抽象变形。是指对诗歌所描述的生活图景或形象进行抽象改造,使之完全或部分变形,以抽象的具象揭示现实的诗意美,赋予表现对象即生活以诗美特征。艾青《跳水》:"从十米高台／陶醉于下面的湛蓝／在跳板与水面之间／描画出从容的曲线。让青春去激起／一片雪白的赞叹!"不说用年轻的躯体在水面击起一片雪白的水花,却说是"青春"激起了"一片雪白的赞叹",在抽象变形中，诗意骤然升华。

（二）幻化得似。 在有些情况下，诗人的情绪无法排遣，从现实生活中找不到能准确与之契合的对应物，或者说真实的生活形态承载不起诗的重量。于是诗人调动大脑存储，通过将情绪幻化的方式，使之升华为诗美意象。创作中，常会有一种莫名的情绪袭来，或久为苦苦的情思所纠缠，感受是那样的深切，却又无可名状。在这种情况下，情思意绪的表露便多呈现为幻象形态。戴望舒的《雨巷》，便是将诗人迷茫孤独的人生之旅幻化为寂寥的雨巷，将茫然破碎又依稀存在的社会理想，将热切期待却又笼罩着浓重阴影的初恋之思，幻化为梦一般似乎可见却又难以追寻的丁香姑娘。这样一来，无形的难以描摹的思绪就有了生动可感的形与质，成了美妙可人的艺术形象。

（三）转类取义。 转类在诗歌中是一种较为普遍的表现艺术。转类，就是用诗人创造的新形象系统去比附生活的原形象系统，从而形象地展示诗所摄取的生活内容的意义所在。由于新形象系统和原形象系统从属性上来说，在生活中分属于不同的类别，可称之为"转类"。转类，和比喻有相同之处，都是以此物喻彼物，但比喻在诗中一般表现为个别语言现象。转类，则是一种贯一的、系统化的以此喻彼的形象化结构。转类使喻体成为诗的主体，整首诗的形象构成都是由喻体延伸而来的，保持着喻体形象的延续性和完整性。

（四）象征暗示。通过特定的容易引起联想的具体形象去表现某种抽象意义或不便表达的意义的一种文学手法。象征依靠联想从一事物想到与之有一定联系的别的事物，从而使抽象的思想、意义、概念形象化、具体化。象征给予人们的启示意义，不在于形象本身，而在于形象所暗示的意义，即黑格尔所说的："象征所要使人意识到的却不是它本身那样一个具体的个别事物，而是它所暗示的普遍性的意义。"如，大海的波涛象征革命高潮时的广大人民群众的力量，暴风雨象征席卷一切的革命浪潮和风暴。

（五）浓缩聚焦。指诗人将广阔的生活场景和纷纭复杂的思想感情浓缩、净化，使之聚焦于生活和思想感情最具亮色的光斑上——最有诗意的那个"点"上。浓缩聚焦是一种普遍的诗歌艺术，从诗的构思从诗人对生活的处理上说，这是一种收束，而诞生的诗歌形象则具有巨大的外张力量。如李白的《早发白帝城》："朝辞白帝彩云间，千里江陵一日还。两岸猿声啼不住，轻舟已过万重山。"总共四句诗，时间从早晨跳闪到晚上，地点从白帝城突转到江陵。至于如何上船，有无送行人等，及沿途经过和诸多所见所思，统统地省掉了。千里峡江，所见所闻何其多也，诗人仅选了彩云、猿啼、轻舟、重山等四个意象，其他的都留给读者想象，让读者在审美体验中拓展诗意空间。

（六）悖理达情。悖理达情是逆向思维的重要手法之一。它通过违反常理的描写，表达浓烈的感情。诗人生活在多彩的世界里，思维最为活跃，感情往往压倒理性；而诗人的强烈情感，正是通过悖理的思想和行为得到更好的表露。近代大诗家陈三立营构意象，锤炼诗句，往往以丰富的想象力将习见的事物加以变形或挪位，或者将无形的意识化为具体有形之物，或以通感手法出之，使人感到突兀生新、可愕可怖，造成心理上的强烈震撼。如云："夜枕堆江声，晓梦亦洗去。挂眼绕郭山，冉冉云岚曙。"（《癸丑五月十三日至焦山》）江声可堆，梦可洗，眼可挂，虽有悖常理，但奇特不凡。又如"岫云粘更脱"（《崝庐楼居五首》）一句，将云想象为粘在山上，风吹云开，更用"脱"字状云之迅忽离开。造语新奇而非荒诞。⑭

（七）意象叠加。如电影蒙太奇手法，将与表达主体相关联的影像重组、叠加、幻化，产生奇妙的意境。如独孤食肉兽《浪淘沙·邻座的白衣男生——本事词代一位广漂女孩作》："城市泌蓝霾，幻尽千鞋。伤心某格澹窗台。总在雨天擎旧伞，飘过空街。　仿佛第三排，白领男孩。漆红巴士又开来。人海他生如对视，把手轻抬。"这是一首本事词，一位在广州的女孩在同一路巴士上常遇一男生，一见钟情，于是上网发帖寻人。"伤心某格澹窗台"是想象女孩在窗前因思念而寂寥伤怀。"某格窗台"是一个超级链接，鼠标键一点，不同时空的景象纷至沓来："总在雨天擎旧伞，飘过空街"，是过去时空的某些时刻；"仿佛第三排，白领男孩"，是过去时空的某一瞬间，公交车上最近的距离；"漆红巴士又开来"，可能是过去时空的一次，也可能是当下时空的进行时；"人海他生如对视，把手轻抬"是未来时空的某一瞬间。不同时空交错，意象叠加、幻化，诗意自由流动在其中矣[15]。

（八）化俗为雅。例如苏东坡的《被酒独行，遍至子云、威、徽、先觉四黎之舍》："半醒半醉问诸黎，竹刺藤梢步步迷。但寻牛矢觅归路，家在牛栏西复西。"此诗是苏东坡被贬儋州与当地黎人的交游之作，一句抒写作者酒后带着醉意，访问四位黎族朋友。二句描述返家时遍地竹刺藤梢"，草木丛生，忘了归路。三句叙说沿着牛屎寻找还家路径。四句阐明牛屎引路，终于回到牛栏西边的家里。通篇毫不雕琢，浅白如话；文笔清新自然，亲切感人。本诗最大的亮点是牛屎入诗，化俗为雅，使臭变香，写出特色。大俗大雅，对比强烈，给人以新美之感。

[注]

① 马凯：《谈谈格律诗的"求正容变"》，《光明日报》2011年01月19日第11版。
② 意境：见《辞海》文学分册第6页"意境"。
③ 朱立元：《美学大辞典》，上海辞书出版社，2010年。
④ [清]何文焕辑：《历代诗话》上册，中华书局，1981年。
⑤ 吴琪：《王夫之美学的审美意象理论》，《美与时代》（下旬刊）2013.11。
⑥ 彭金山：《中国新诗艺术论》，中国社会科学出版社，2006年。
⑦ 张世英：《哲学导论》，北京大学出版社，2002年。
⑧ 王守仁：《传习录》，万卷出版公司，2016年。
⑨ 宗白华：《艺境》，北京大学出版社，1989年。
⑩ 彭金山：《中国新诗艺术论》，中国社会科学出版社，2006年。
⑪ 晚风：《"小题大作"与"大题小作"》，《中华诗词》2020年第4期。
⑫ 彭金山：《中国新诗艺术论》，中国社会科学出版社，2006年。
⑬ 周啸天：《谈诗的变形——意象营造》，见《周啸天谈艺录》，四川人民出版社，2019年。
⑭ 胡迎建：《新奇而非荒诞》，《中华诗词》，2021年第3期。
⑮ 小皮：《一格窗中的时与空——兼谈独孤食肉兽词作的当代色彩》，《心潮诗词》，2020年第8期。

后 记

"十月怀胎,一朝分娩",总是令人期盼和喜悦的。经过近两年的努力,《陌上花开——二爨堂吟稿》终于孕育成形。临产之际,能说些什么呢?

一

"锦瑟无端五十弦,一弦一柱思华年。"我从出生的那个小山村,一路跌跌撞撞走来,走过崎岖小路,也曾有风雨交加。我没能做出什么功业,但我一直没有停止努力。几十年里,我总是忘不了从小学到大学以及步入社会后,一位位老师播种在我心里的希望,我总是把别人的讽刺挖苦变成前进的动力。记得念小学时,在村学教书的一位族兄,名叫张吉祥,常常用各种颜色的粉笔在泥涂的黑板上,办出漂亮的黑板报,那些空心的、实心的标题字,配上花朵图案,让我看得入迷。而家里挂的一幅书法,是本县一位名叫申永禄的农民书法爱好者用隶书写的文天祥《正气歌》,尽管当时也看不懂,但久而久之,我便能分句,逐渐能读出每句诗句的意思。"天地有正气,杂然赋流形;上则为日星,下则为河岳,于人曰浩然……"多年以后,这些诗句仍然能从脑子里流淌出来。而那扁平端庄的隶书字形,也就在我幼小的心里扎下了根。真正让我铭记终生的教诲,是我的父兄终年劳作留在我幼小心灵的影像。

二

诗词作为中华民族文化百花苑中一朵灿烂而又耀眼的艺术奇葩，千百年来姹紫嫣红播芳悠远。由《诗经》《楚辞》《乐府》古诗，历经建安、六朝，及至盛唐，律诗迄于成熟全盛，形成了规范而严格的格律体系，在这个过程中，诗从来没有停止过创新和发展。此后的宋词、元曲及现代新诗应时而生，是适应新的社会文化生活形态的结果，也是社会主流文化在诗词艺术发展长河中的自然反映。但在这种大变革的潮流背后，格律诗（近体诗）这种文学形式，在中国文学湛蓝色的天空始终熠熠生辉。

缩万里于尺幅，裁千年于一瞬。短短几行字，便能涤荡心灵，陶冶性情，给人以美的享受。诗词是形式美和内容美的高度集合，在形式上极重声韵之美与对仗之美。诗歌语言发展中有一组对立而又统一的矛盾，这就是自由化和格律化。一方面，要自由，自由地抒发感情，反映社会生活；另一方面，又要有一定的格律和节奏，富于音乐性，富于形式美，便于吟诵和歌唱。即使在民国那个西风东渐、除旧布新的变革时代，在白话文运动和现代新诗风起云涌的历史大潮下，写格律诗者代不乏人，包括鲁迅、郁达夫、陈独秀、毛泽东、柳亚子、陈毅、聂甘弩等，他们的诗不仅代表了一个时代的风骨，且对格律的把握是严之又严的。诗必入韵，近体诗讲究平仄，律诗还要讲究对仗。词有词谱，有规定的字数、平仄、韵脚及相应格式。

诗词讲平仄、论格律，犹如"螺壳里做道场""钢丝上跳芭蕾"，虽是"束缚"，是"桎梏"，但它的魅力也恰恰在这里。它使真正的诗家词人，对语言的运用因难见巧，自律生新。他们对文字形音义的千变万化、艺术联系及各种连锁作用，吃透消化，运用出神入化，使诗词富有声韵美、均齐美、对称美、参差美、节奏美、音乐美、抒情美。毛主席也曾说过诗词要发展，要改革，一万年也打不倒。他对诗词的爱是深入骨髓的，他在晚年白内障手术甫一结束，即用铅笔盲写了鲁迅的诗"花开花落两由之"一首赠大夫作为答谢。在他生命旅程的最后阶段，伴随他的是古典诗词。而毛泽东的诗词，更是独领时代风骚。

三

余对诗词产生兴趣，记不清始于何年，早年间偶或遣兴，随手散漫，不自留存，敝不自珍。十多年前出版书法作品集时，内中选录数首自作诗词，但格律大多不谐，现在看来，稚拙无比。对传统诗词，喜诵读而心向往之，惮于森严"刻板"的格律，始终不敢妄叩诗门。及至数年前，反复研习王力、启功先生的《诗词格律》小册子，对近体诗格律略有领悟，方才"诗思初萌"，沉醉"学步"，并乐此不疲。每于闲暇寄情于文翰诗章，广阅博闻，潜心于砚耕。常于朝暾夕晖，春赏秋揽，观兰山烟岚，听大河涛声；吟赏好景，幻化意象；心物交融，每有所寄，辄成诗句。然所恨学浅才疏，腹无块垒；深惭辞枯韵涩，笔滞词冗。心慕屈陶，神追李杜，孜孜不倦。推仄敲平于灯下，唱酬雅会于佳日。特别是近几年来，得到许多老师、诗友的指导点拨，增益良多。

集腋成裘，聚沙成塔。数年下来，积咏史寄情、访朋问友、大地漫步、山川瑰丽、感事抒物、睹物怀人、时令节序的篇什与点滴记录，约略千首。苔花如米小，也学牡丹开。"既就小到只有一个片叶的蒿草，也要把我唯一的花蕾擎高；造物让我做一尖粉齑，那我就是一具漫游天地的逍遥，不屈不挠，张扬充沛天地的自豪。"（翟万益《漫游天地的逍遥》）"处瘠还作凌霄梦，不羡松乔显岳冈。碾压躏残何奈尔，也要挣扎发微芒。"（自作诗《咏道边小草》）"秋尽南山万木摧，道边红柳拂人来。低头莫笑长条弱，也向西风舞一回。"（自作诗《红柳咏》）我相信"锲而不舍，天道酬勤；日拱一卒，功不唐捐"是不欺也。

四

高尔基说："走正直诚实的生活道路，必定会有一个问心无愧的归宿。"问心无愧就是一种心安，就是一种轻松，就是一种坦然。问心无愧就是做任何事，都要上对得起苍天，下对得起大地，中间对得起自己。

著名作家叶舟说过："一定有另一种澎湃的诗意，若地火一般，燃烧在地平线上。它丰沛，充盈，浑圆天成，有着独立的美和质地，却为眼前这个喧嚣的诗坛习焉不察，充耳不闻。"叶舟还说过："在所谓的诗人之外，另有一些人秘密地保有抒情，带着鲜烈的立场与爱，冷眼向洋，叩问生命和自己，却从不说出。——这些诗意缠身且低于尘埃的人，这些在寂静中坚守的人，构成了另一种坐标或文本，需要重新去发现，同时也催逼着我们去检视自己。"

我自知，自己并不在上述叶舟先生所指认的范围之内，但于我"心有戚戚焉"。刘勰论楚辞："故才高者菀其鸿裁，中巧者猎其艳辞，吟讽者衔其山川，童蒙者拾其香草。"余之寻诗缀句，离童蒙尚远矣，岂能不知愧。

"动地惊天之事，不过平头仄尾；落花流水之时，恰如仄起平收。"（廖海洋句）本集之出版，得到诸多老师、友人之赞襄帮助。在此，一并致以诚挚谢意。

辛丑冬至于二爨堂